Blumenbar

Das Buch

»Letzte Stories« erzählen von dem mysteriösen Paar Yin und Yang, Katzen und Kindern, Kriminellen und Literaten, von Huren und Säufern oder führen ins Las Vegas der 50er Jahre, wo sich Elvis unsterblich in Vampira verliebt. Sie spielen in Biergärten, Bars, Bahnhöfen und Krankenhäusern. Ins Deutschland der Nachkriegszeit und die Clubszene der Großstadt von heute führen Erzähler, deren Beobachtungen eigenwillig, aber auch radikal sind. Diese Geschichten über die schönen Verlierer dieser Welt haben mehr hintergründigen Witz, Traurigkeit und Poesie als die meisten Romane. Alphabetisch geordnet ergeben sie ein »ABC des Lebens«.

© Ali Wewerka, 2009

Der Autor

FRANZ DOBLER, 1959 geboren, lebt in Augsburg. Sein Buch »Jesse James und andere Westerngedichte« steht seit 1991 ganz oben in den Underground-Charts. Dobler veröffentlichte die Romane »Aufräumen« und »Tollwut«, die Johnny-Cash-Biographie »The Beast in Me« und hat Musikkompilationen und Hörbücher veröffentlicht. »Letzte Stories« ist seine erste Veröffentlichung bei Blumenbar.

Franz Dobler

Letzte Stories

26 Geschichten für den Rest des Lebens

Blumenbar Verlag

EVERYBODY'S BLUES IS DIFFERENT
Cannonball Adderley

AUFPASSEN

Es ist Mai, und Richard verbringt seine Abende und Nächte auf dem flachen Hausdach, das, sechs Etagen über der Erde, einen phantastischen Blick über die Stadt bietet. Wenn es dunkel wird, fliegt er mit seinen Ferngläsern in den Himmel.

Im letzten Sommer hatte es angefangen und ihn schnell gepackt; jetzt, ein Jahr später, kommt der Feinmechaniker von der Arbeit und betritt seine Wohnung nur kurz, um sich seine optische Ausrüstung zu schnappen, und mit Essen und Getränken hoch aufs Dach zu steigen, zu dem keiner der anderen Mieter Zugang hat.

Er legt sich in die Hollywoodschaukel und ist geduldig – dunkel wird es immer.

Er raucht, er trinkt, meistens eine Whiskey-Cola-Mischung, die zuerst sanft ist, dann immer stärker wird, bis die Gedanken langsam aufreißen.

Früher hatte er sich für die Sternformationen am Himmel etwa so sehr interessiert wie für den Fernsehgeschmack seiner steinalten Nachbarin, und heute kann er sich nicht sattsehen am Virgo-Coma Superhaufen, der die Jungfrau an ihrer nördlichen Grenze umspielt. Er weiß, dass sein erstes Fernrohr, ein billiges Luger NL, gut genug ist um Sternschnuppen zu beobachten. Sternschnuppen, das ist inzwischen seine Meinung, gehören zu den albernsten Hirngespinsten der Menschheit. Wie oft hat er sich beim Anblick einer Sternschnuppe gewünscht, etwas mehr von der Frau im vierten Stock gegenüber sehen zu dürfen.

Und was tat sich? Hätte mehr sein können.

Man sollte dem Idioten beide Hände abhacken, der diesen Sternschnuppenunsinn erfunden hat. Aber all diese Astromänner haben große Sprünge in ihren Schüsseln, egal, ob sie Wissenschaftler oder Esoteriker sind. Das weiß er, seit er einige Bücher und Magazine gelesen hat. Und auch heute musste er in der Mittagspause laut lachen über das, was da in der Zeitung stand.

Behauptete doch einer dieser Astropenner, endlich sei es ihm gelungen zu beweisen, dass mehr Sterne im All herumhingen als Sandkörner und Staubpartikel auf der Erde.

Richard mischt sich einen neuen Drink und gibt dem Rahmen der Hollywoodschaukel einen Tritt. Die Dunkelheit kommt langsam, und oben beginnt es zu glitzern. Er nimmt die Leica Ultravid aus der Tasche.

Alle Wüsten und Strände und die anderen Sandkästen auf unserem Planeten haben also weniger Sandkörner als das All Sterne; aber wäre der Unterschied nicht schon wahnsinnig riesig und zugleich lächerlich gering, fragt sich Richard, wenn es nur die Anzahl einer Handvoll Sandkörner wäre, die das All mehr an Sternen hätte?

Und haben sie vielleicht schon mal die Sandkörner gezählt, die in eine Hand passen? Natürlich. Und haben sie vielleicht schon mal die Sandkörner gezählt, die an einem großen dicken Mann kleben bleiben, der aus dem Meer kommt und sich sofort im Sand wälzt? Natürlich nicht.

Das war es also, womit so ein mit Steuergeldern vollgepumpter Wissenschaftler die Zeit totschlug. Nur weil er Angst hatte, ein Irrenhausausbrecher könnte bei ihm einbrechen und ihn dann mit Sand ausstopfen wollen, und dass er, noch bevor er die Zahl der Sand- und Staubkörner, die in ihn reinpassten, hätte errechnen können, schon so tot wäre wie die Gegend hinter dem letzten Stern.

Die Hollywoodschaukel lässt ihr fieses Quietschen erklingen, als Richard aufsteht, um seine erste Runde entlang der Mauer zu drehen. Die Lichter brennen schon in ihrer Wohnung. Das muss man sich vorstellen, es gibt in ihrer nicht besonders oft geputzten Wohnung weniger mikroskopisch kleine Staubpartikel als Sterne. Mit seiner Luger kann er die Stimmung am Polarstern erkennen und das dünnste Fädchen auf ihrem Teppich, aber mit der Leica Ultravid selbst den leisesten Hauch eines feuchten Schimmers auf ihrem weißen Höschen.

Sie trägt nur weiße Höschen.

Sehr sympathisch. Keine Totenköpfe, keine Pferde.

Und manchmal zieht sie ihr Höschen nicht mal dann aus, wenn's ohne, sollte man meinen, besser wäre.

Er hält sich die Leica noch nicht an die Augen, er muss zuerst in die richtige Position, muss aufpassen, dass er im Schatten des Kamins steht, dass er von keinem Mond angestrahlt wird, und sich vor allem vergewissern, dass sich auf den anderen Dächern niemand befindet, der dasselbe tut wie er, mit derselben Vorsicht. Denn die Menschen interessieren sich nicht so sehr für das überwältigend märchenhafte Sternenzelt, wie man das gern hätte.

Ihre Wohnung ist hell, aber er sieht sie nicht. Sie nicht und auch sonst nichts Spannendes. Nur die Hoffnung auf etwas, das er schöner findet als Sandstrände und Sternschnuppen, und was sie einem noch so alles erzählen, wenn man nicht aufpasst.

BEHÖRDENGANG

Am frühen Abend machte sich Faller auf den Weg, um nach seinem Freund Jorgos zu suchen. Er war sich ziemlich sicher, dass er ihn irgendwo im Viertel hinter dem Bahnhof auftreiben würde.

Falls er dort nicht war, hatte er wahrscheinlich die Stadt verlassen. Oder sich entschlossen, seinen Göttern einen Besuch abzustatten.

Der Arsch war verschwunden, war unter den üblichen Telefonnummern nicht mehr zu erreichen, und Faller hatte diesen Zustand satt. Sein Freund musste ihm erst mal beweisen, dass er genauso gute Gründe gehabt hatte wie er, sich ein halbes Jahr lang nicht zu melden. Außerdem hatte er eine hilfreiche Hand dringend nötig, einen Mann mit zwei starken Armen, der wusste, wie man einem Freund den Rücken deckte.

Aus dem Viertel hinter dem Bahnhof hatten sich die Deutschen von der untersten Mittelschicht aufwärts verabschiedet. Natürlich nicht, weil ihnen die vielen Nichtgermanen nicht passten, die das Viertel in den letzten zwanzig Jahren übernommen hatten. Daran dachten sie nicht; hatten aber manchmal das komische Gefühl, sie sollten eine Erklärung abgeben. Weil einem doch so viel unterstellt wird.

Die Erklärung, von der sie, nicht zu Unrecht, glaubten, die müsste doch jeder ihrer Landsleute verstehen, war, dass sie beim Umzug allein an die Zukunft ihrer Kinder gedacht hatten. Das war diesen Eltern das Wichtigste; alles, was außerhalb ihres Alltags war, durfte ruhig verrotten – Hauptsache ihre Kinder bekamen eine ordentliche deutsche Kinderzukunft.

In diesem Viertel ging eines Tages die Sonne auf, und plötzlich saßen die Kinder in Schulklassen, in denen viele der kleinen Pisser irgendwas palaverten, das nur so halbwegs nach dem handelsüblichen Deutsch klang. Und manche Lehrkräfte neigten dann auch noch dazu, diese halbdeutsche Sprachebene nicht vollkommen außer Acht zu lassen.

»Unsere Tochter hat sich wirklich gelangweilt. Papa, hat sie gesagt, die nimmt mich überhaupt nie dran, weil ich doch immer schon alles weiß! Also, das ist doch auch nicht richtig, oder? Bei allem Verständnis. Ich finde, das muss man auch mal sagen können, ohne dass man fast schon wie ein halber Nazi dasteht.«

»Was ist denn ein halber Nazi?«, fragte Faller.

»Ach, hören Sie doch auf, Sie wissen doch genau, was ich meine.«

Auf immer mehr Partys und an Tischen, an denen er, zum Essen eingeladen, saß, flog dieses Thema durch die Luft, und er hatte schon kapiert, besser nicht zu erwähnen, dass er kein Kind hatte.

»Ich vermute mal«, sagte er, »ein halber Nazi ist einer,

der damals gegen den Bau von Autobahnen protestiert hätte, um die Zukunft der Kinder nicht kaputtzubetonieren.«

»Sehr witzig, wenn Sie betroffen wären, würden Sie sich nicht darüber lustig machen. Trotzdem, ich stehe dazu: man muss auch mal an die Zukunft unserer Kinder denken dürfen.«

»Aber genau deswegen hätte ich mein Kind auf dieser Schule gelassen.«

»Wie soll man das denn verstehen?«

»Diese Kinder haben garantiert die besseren Zukunftschancen.«

»Das ist aber nicht Ihr Ernst!«

»Aber hallo, beim Grab meines nationalsozialistischen Vaters!«

An diesem oder einem ähnlichen Punkt übernahmen dann andere Gespräche die Führung, um die schlechter werdende Stimmung zu stoppen.

»Bei uns um die Ecke hat jetzt ein Lokal mit ausschließlich bayrischer Küche aufgemacht!«

»Und total gemütlich. Und keine Musik! Wir haben überlegt, warum ist das so gemütlich hier, und plötzlich fällt uns auf: keine Musik! Man hat das ja schon vergessen, dass es auch mal keine Musik geben kann.«

»Und zivile Preise, muss man wirklich sagen, und die Küche absolut okay.«

»Nein! Bei uns jetzt auch!«

»Und der ist immer voll.«

Inzwischen war es Nacht geworden, und Faller hatte in vier Kneipen erfolglos gefragt, ob jemand wusste, wo Jorgos sein neues Zelt aufgeschlagen hatte. Das jüngste Gerücht besagte, er hätte hier in der Nähe mal wieder eine gastronomische Sache am Laufen, doch das Gerücht war anscheinend um so viele Ecken gelaufen, dass er die Spur nicht verfolgen konnte.

Ein Mann kam näher, der durch seinen Lebensabend schlenderte, versunken im Gespräch mit der Kette aus dicken Plastikkugeln in seiner Hand. Faller grüßte ihn respektvoll und fragte, ob er was gehört hätte.

Der Alte blieb stehen, musterte ihn eher unfreundlich, schaute seine Kette an. Dann streckte er sich mit militärischer Entschlossenheit, zeigte Richtung stadtauswärts und malte mit dem Finger ein halbes Hakenkreuz in die Luft.

»Habe in Lokal Jorgos seine Vater gearbeitet«, sagte er. »Jorgos guter Junge.«

»Mein Freund ist der beste Junge, den man sich vorstellen kann«, tönte Faller großspurig und bedankte sich.

Er wusste, dass sein Freund auch auf Gebieten, die der alte Mann kaum für gut befunden hätte, eine Menge auf dem Kasten hatte, und er hoffte, dass er von gewissen Fähigkeiten nichts verloren hatte. Denn Jorgos musste für ihn ein paar Sachen besorgen, von denen er nicht wusste, wie er an sie rankommen konnte.

Faller ging in die angezeigte Richtung weiter. Ziemlich weit ab vom Schuss versuchte Jorgos jetzt also sein

Glück, am äußersten Rand dieses Viertels, wo die wuchtigen alten Häuser von einer großen Herde von Blocks abgelöst wurden – da drin brauchste ja als Germane schon 'ne behämmerte Aufenthaltsgenehmigung, dachte Faller. Und erinnerte sich an eine nette Begegnung. Auf einer Party hatte er genau das zu einer grünen Abgeordneten gesagt. Sie starrte ihn an, dann schossen ihre Haare senkrecht in die Höhe, und sie taumelte, weil ihre Schuhe wegflogen, und sie schnappte nach Luft, weil ihr Büstenhalter platzte.

»Was ist denn los?«, hatte er sie erschrocken gefragt.

»Solche Nazisprüche habe ich von Ihnen wirklich nicht erwartet«, flüsterte sie. Das fand er interessant: sie fing also zu flüstern an, wenn sie glaubte, mit einem Nazi konfrontiert zu sein?

Den Versuch, ihr die reale Situation zu erklären, hatte er dann schnell abgebrochen, es war sinnlos. Stattdessen stellte er ihr diesen Jorgos vor, der für solche Fälle viel besser ausgebildet war, und Jorgos war sofort in seine Lieblingsnummer eingestiegen: die ausländerfreundliche Germanenfrau angraben.

Sie nahm es mit vollendeter Toleranz hin; dass sie nur in einem Spiel gelandet war, merkte sie nicht. So war es fast immer.

»Bei euch Germanen«, pflegte Fallers Freund zu sagen, »sind gewisse Instinkt komplett ausgestorben, das ist nicht gut, Mann, glaub mir, ihr habt da echt eine Probleme.«

»Das heißt *ein* Problem, mein Lieber. Dass ich kein Geld habe, ist das eine Problem, dass ich außerdem Schulden habe, ist noch ein Problem, aber was du hast, sind hundert Probleme«, erklärte Faller geduldig. »Also tu hier nicht so, als könntest du über deinen Schatten springen.«

»Wer, Schatten, ich!?«

»Ganz genau, du hast 'nen Schatten, und der steckt grade in deiner Mutter, Mann.«

»Okay, aber er hat bezahlt.«

Je weiter Faller rausging, desto deutlicher wurde, dass sie hier in ihrem Kanakenviertel noch ein anderes Problem hatten: Es war hier zu dunkel. Auffallend viele Straßenlampen verweigerten den Dienst und – auch das musste man doch mal sagen können – mit ihrer orientalischen Lässigkeit schafften sie es nicht, beim zuständigen städtischen Amt eine ordentliche Reparatur zu beantragen. War ihnen mal wieder zu anstrengend. So ein simpler Behördengang. Und dann sind wieder die Deutschen schuld.

Dabei ist es doch so einfach, sich als Nigger oder Russe in einer Behörde Gehör zu verschaffen. Man schnallt sich einen Dynamitgürtel um und sagt höflich, was Sache ist.

CORDHOSEN

Als der Schotter vor leider nicht allzu langer Zeit heftig auf mich zu fallen anfing, besorgte ich mir sofort eine Raumpflegerin. Und am nächsten Tag eine Modeberaterin. Ich habe die Fähigkeit erworben, zu erkennen, was zuerst erledigt werden muss.

Meine Raumpflegerin muss eine erschreckende Leere in Kiew hinterlassen haben, als sie der ukrainischen Hauptstadt vor drei Jahren den Rücken zeigte, und ich wäre nicht wütend, wenn jemand behauptete, sie spräche so gut deutsch wie ich.

Wenn sie da ist, nimmt sie sich gerne zehn Minuten Zeit, um mir ein paar russische Wörter beizubringen. Sie beherrscht alle drei dort üblichen Sprachen, aber Russisch macht viel mehr her, behauptet sie. Eine Woche später kann ich mich an keines der Worte erinnern. Auch, sie in ein Heft einzutragen bringt nichts.

Dabei hatte ich zuerst einen besseren Plan gehabt. »Bringen Sie mir doch ein paar jiddische Wörter bei«, bat ich sie.

»Hello, Baby?!«, ging sie gleich hoch. »Bin ich vielleicht so eine miese Verräternutte, die einem Deutschen Jiddisch erklärt? Das ist was, Chef, das ich nicht zu verkaufen habe.«

»Übertreiben Sie da nicht ein wenig, liebe Kateryna?«

»Grüß Gott, Wodka, bitte kuscheln, danke, Deutschland!«, spuckte sie aus und stolzierte davon.

Wäre meine Modeberaterin auch so eine Kanone, wäre ich wahrscheinlich schon tot. Aber sie ist eine doch meistens friedvolle Dame, die ich seit inzwischen 23 Jahren kenne und immer noch gern treffe.

Wir unterhalten uns oft über Mode, und das sind interessante Gespräche, weil sie weiß, dass ich nicht nur mit der Hutmode nichts am selben habe.

Ihre häufigste Begrüßung ist: »Nein, wie siehst du denn wieder aus!«

Und ich weiß heute schon, mit welcher Anekdote sie mich an meinem Sterbebett unterhalten wird. Wie sie mir einmal in der Fußgängerzone begegnete und entdecken musste, dass ich mit Wollsocken in den Sandalen steckte. Sie warf sich stöhnend in die Arme einer Freundin. Und ich sah erstaunt, dass sie die Wahrheit sagte.

Manche ihrer Styling-Tipps schockieren, andere beschäftigen mich; und einige sind mir nicht neu.

Wir saßen auf dem roten Sofa und sahen uns Fotos an, die sie von Menschen gemacht hatte, denen sie guten Stil bescheinigen konnte.

»Das hat mit viel Geld eben gar nichts zu tun«, sagte sie, »bei manchen Leuten siehst du, dass sie einen Haufen Geld rausgeworfen haben, und was hat's gebracht, gar nichts, außer dass sie total scheiße aussehen!«

»Freut mich zu hören«, sagte ich.

»Pass lieber auf«, sagte sie und drosch mir ans Bein, »Cordhosen gehen gar nicht!«

Ich trug seit etwa zwanzig Jahren zum ersten Mal wieder eine Cordhose und erklärte, dass ich dringend eine neue Hose gebraucht und dann in einem thüringischen Diska spontan zugeschlagen hatte.

»Sechs Euro und achtzig Cent, Baby!«

»Trotzdem, Cordhosen gehen nicht!«

»Von mir aus«, sagte ich nachdenklich.

Ihr Hinweis klickerte durch meinen Kopf und hatte einen guten Klang.

»Mensch, hör mal, ich glaube, das könnte ein Hit werden: Cordhosen gehn nicht, Cordhosen muffeln, liegen blöd rum; sind total saudumm und gehn nicht, gehn nicht, null und gar nicht.«

»Und Cordanzüge gehen noch weniger!«

»Würde ich auch niemals anziehen.«

»Ich wollte dich nur gewarnt haben.«

»Aber ich finde es so schwierig zu erkennen, was nun geht und was nicht, und was heute noch, aber morgen nicht mehr, und was gestern schon nicht mehr, aber morgen vielleicht schon wieder.«

Wenige Tage zuvor hatte ich nach Mitternacht am Tresen in einem Punklokal gestanden, erzählte ich ihr, in einem grauen Anzug und einem weißen Hemd mit roter Krawatte. Ich war zwischen zwei sehr stilvoll gekleideten Punkmännern gelandet, in deren Mitte ich genug

Platz entdeckt hatte, um Getränkebestellungen für mich und die Familie aufzugeben.

Die Punkmänner um die dreißig musterten mich von oben bis unten, auf eine Art, die ich schon von den Cops kannte, wenn sie schlechte Laune hatten, und selbst ein blinder Jungnationalsozialist hätte erkannt, dass ihre Kleider ein Vielfaches mehr als meine gekostet hatten.

»Wie siehst 'n du aus!«, sagte der eine, »was glaubste denn, wo de hier bist, was willst 'n du hier, Mann?!«

»Ach du lieber Gott, und was hast du gesagt?«

»Wir schreiben den 9. November 1938 und befinden uns in einem Außenlager des Konzentrationslagers Dachau, und ihr seid die Wachmänner.«

Sie nahm einen Schluck Tee.

»Und in echt habe ich gesagt: vergiss es einfach.«

»Warum hast du ihnen nicht gesagt, dass du dir schon mit Tommi Stumpff vom KFC betrunken in den Armen gelegen hast?«

»Ging nicht.«

»Weil sie keine Ahnung haben?«

»Nein. Weil mich der eine auf eine Scheißart auch noch angetatscht hat, musste ich auf meine rechte Hand aufpassen, weil die das Klappmesser aus der Tasche ziehen wollte. So geht's auch nicht – aber mein eigentliches Problem ist ja, dass ich schon umkippe, wenn ich nur einen Tropfen Blut am Finger sehe.«

»Echt? Das wusste ich gar nicht.«

»Ja, das war mein letztes Geheimnis, das ich vor dir hatte.«

»Ich weiß nicht …«, sagte sie. Dann schlug sie eine neue Seite in ihrem Album auf.

»Und was macht eigentlich dein kesser Putzteufel aus Kiew?«

»Mich in die Hölle fahren«.

DOOF

Ich wurde dann doch nicht wahnsinnig, aber ich war, wie immer, kurz davor, es zu werden, und im Sommer hat ein Mensch mit einer minimalen Restsensibilität sowieso kaum eine Überlebenschance.

Einmal eine Stunde in einem Biergarten sitzen, und ich bin eigentlich schon so gut wie selbstmordgefährdet. Oder könnte einen Mord begehen.

Einige Sätze, die in den letzten Wochen durch mein Trommelfell kamen, weil sie von meinem körpereigenen Akustikabwehrsystem nicht rechtzeitig entdeckt wurden.

»Mag sein, dass sie nicht doof ist, aber ihre Wohnzimmergarnitur ist vier Jahre alt und grün, das würde ich mir echt nochmal gut überlegen, wenn ich du wäre.«

Genau an dem Punkt, und ohne eine nennenswerte Ergänzung, blieb diese an sich schon mörderische Frauenstimme eine Stunde lang hängen. Und obwohl ich mich selbst geradezu behämmert intensiv mit jemandem unterhielt, entkam ich ihr nicht.

»Du kannst über unseren neuen Ministerpräsidenten sagen, was du willst, aber er will's wirklich wissen.«

Genau an dem Punkt, und ohne eine nennenswerte

Ergänzung, blieb dieser die-Bürokratie-ist-ja-wohl-nicht-an-allem-schuld-Typ, der nur einen Wunsch in mir weckte, nämlich, in die Deutsche Demokratische Republik flüchten zu können, eine Stunde lang hängen.

»Das musst du mir aber erst mal beweisen, dass Michael Jackson nicht ermordet wurde.«

Genau an dem Punkt, mitten in einer dumpfen bayrischen Kleinstadtmetropole, die bis heute stolz darauf ist, von einer der übelsten Bankiersfamilien der Weltgeschichte geprägt und beseelt, oder, aus einem anderen Blickwinkel gesehen, umgelegt und eingemottet worden zu sein, und ohne eine nennenswerte Ergänzung, blieb dieses Paar, von dem ich überzeugt war, dass es sein Kind sofort über den Zaun nach Neverland geworfen und eine Klage wegen Kindesmissbrauch eingereicht hätte, noch bevor das Kind auf dem Boden aufgeschlagen wäre, eine Stunde lang hängen.

Es gibt Schlimmeres, ich weiß.

Allein schon die Vorstellung, man wäre gezwungen, sich jedes Interview von diesem vernagelten Bischof in voller Länge anzuhören, ist schlimmer.

Aber weil ich zum Glück nicht ganz blöd bin, habe ich dann herausgefunden, dass es in Bayern kein Gesetz gibt, das einen zum Biergartensitzen verpflichtet.

Ja, das war mir auch neu.

Wie alle, die ich kenne, die nicht wahnsinnig geworden sind und in der Geschlossenen sitzen, bin ich immer davon ausgegangen, dass jeder von uns verpflichtet ist, pro Saison mindestens zwanzig Stunden im Biergarten zu sitzen. Es ist nicht zu fassen, wie viele Qualen ich mir in meinem Leben hätte ersparen können.

Man müsste sie doch verklagen können! Wegen Vortäuschung eines Gesetzes!

Darüber habe ich dann nachgedacht, wieder im Biergarten. In dem ich nur saß, weil das Gefahrenpotential gegen Null ging. Weil es grade geregnet hatte und gleich wieder regnen würde.

Und weil mein Hirn schon erheblich lädiert war, hatte ich nicht bedacht, dass sich in dieser Wetterlücke der Biergarten naturgemäß innerhalb von Minuten füllen würde. Und obwohl ich aus meinem Schädel schaute wie der Serienmörder Ed Gein in seinen dunkelsten Momenten, setzte man sich auch zu mir.

»Ach, ist das schön hier«, sagte die Frau.

»Wunderbar«, sagte der Mann, »wie im Paradies.«

»Bei uns damals in Jena, vor der Mauer, gab's ja auch viele Biergärten«, sagte die Frau zu mir und lächelte mich an.

»Ich weiß schon, dass bei euch auch nicht alles gut war«, antwortete ich freundlich.

Dann musste ich laut werden. Ich spürte, dass ich kurz davor war, wirklich wahnsinnig zu werden. Und dass ich noch nicht bereit war.

»Franz!«, schrie ich, »ein Notfall! Zehn Halbe für mich, aber auf einmal und pronto!«

ELVIS

Der Regen war der schönste Applaus, den ich je bekam, dieser gewaltige Regen, der am 17. August ein paar Minuten nach Mitternacht über Las Vegas kam.

Seit dem Nachmittag hing die Flagge vor dem Hilton wegen mir auf Halbmast.

August in Vegas, da fangen selbst die miesesten Figuren zu beten an, der Herr möge der Hitze und der Trockenheit ein Ende bereiten.

Aber dieser Regen war wie ein Fluch; niemand konnte sich erinnern, dass es jemals so geschüttet hätte. Die Straßenkreuzung, an der sie später Tupac Shakur erschossen haben, war vollkommen leer, und wenn du an der kein Auto siehst, muss der Jüngste Tag angebrochen sein.

In der Tür des 7-Eleven in der Koval Lane drängten sich Menschen, die ein Gesicht machten, als würden sie eine Katastrophe beobachten.

Frankie und seine Idiotenbande waren nicht in der Stadt. Sie hätten den Regen nicht bemerkt; schon 1977 hatten die nicht mehr genügend Gehirnzellen.

Auch der Colonel war nicht da. Zählte Geld in Memphis. Kam erst paar Tage später wieder in seine Stadt, an die er mich verfüttert und die ihn im Griff hatte.

Aber Maila war da, meine Maila. Vampira. Weil meine Maila immer in der Stadt ist, auch wenn sie nicht wie Vampira aussieht.

Sie stand neben mir an dieser Straßenkreuzung, und als der pechschwarze Nachthimmel die Wassermassen über uns auskippte, drückte sie meine Hand und lächelte. Es gefällt ihr, wenn die Erde erregt ist; die ganze Stadt schien Angst zu haben.

Es tat gut zu sehen, dass die ganze Stadt einige Stunden lang glaubte, in die Hölle zu fahren. Das International, das Sands, Hilton, Desert Inn, MGM Grand.

Das Sands.

Das Scheißsands war das Scheißhaus von Frankie und seiner Idiotenbande, das Sands hätten wir am liebsten in der Hölle brennen sehen. Als Sinatra und Dino ihre Löffel abgaben, wurde die Beleuchtung von Vegas auf die Hälfte runtergefahren. Ziemlich billige Show. Aber schon zu viel der Ehre für die Schmalzspaghettis.

Der Mob? Sie fragen mich, wer der Mob ist? Ich kenne keinen Mister Mob! Dino, kennst du vielleicht einen Mister Mob? Nein, Frankie, ich kenne nur einen Mister Money, und ich kann dir sagen, es reicht vollkommen, ihn zu kennen …

Diese Art Gequatsche fanden die Spaghettiarschgeigen und ihre vielen guten Freunde lustig.

Für die waren wir der letzte Dreck, als wir zum ersten Mal in Las Vegas waren. Liberace hatte Vampira für seine Show eingekauft. Sie hatte schon einen Ruf, und ich kannte sie aus einer Horrorshow im Fernsehen. Natürlich war das nicht die Art Frau, die in Vegas gefeiert wurde. Als ich sie zum ersten Mal gesehen hatte, wusste ich, sie war zwar verkleidet, wenn sie Vampira war, aber diese Figur, das war keine Rolle, das war sie wirklich.

Es war eine Explosion, wenn ihr Blick dich traf, und wer seine Augen auf ihr ruhen ließ, musste sein Kinn festhalten. Und allein schon Vampira nur zu küssen war heißer, als eines der Showgirls näher kennenzulernen.

Wer sie küsste, war verloren.

Zwei Wochen lang hing ich 1956 im New Frontier fest, und das war eine richtige Katastrophe. Der Colonel hatte die Sache völlig falsch eingeschätzt.

Draußen hatte ich das ganze Land in Brand gesetzt, aber in Franks City kamen keine Teenager in meine Konzerte, nur verblödete Spielertypen mit ihren dussligen Hühnern, die Franks Langweiler-Swing hören wollten. Wenn du kein Showorchester hinter dir hattest, nur eine Band, warst du für die so was wie ein besoffener Niggerstraßensänger, und Rock 'n' Roll fanden die so interessant wie eine Ratte, die von einem Spaten erschlagen wurde.

Davon abgesehen war Vegas ein Traum. Zwischen und nach den Vorstellungen sah ich mir andere Shows an. Eine neue Welt, wenn du aus Memphis und anderen Käffern kommst. Ich lernte Künstler kennen, Showgirls, Manager, Sicherheitsleute.

Und als ich dann Liberaces Assistentin Vampira sah, stürzten um mich herum die Mauern von Sin City ein.

Wir trafen uns jede Nacht nach der Arbeit, und wir saßen an Fenstertischen, ohne gestört zu werden.

»Nimm's dir nicht so zu Herzen«, sagte sie zu mir, »du wirst dir diese Tage irgendwann zurückwünschen.«

Aber ich nahm's mir nicht zu Herzen, wenn ich bei ihr war, ich dachte nicht mal daran. Ich war bemüht, sie davon zu überzeugen, dass ich nicht zu jung für sie war. Sie trauerte immer noch um Jimmy Dean, und eines Abends fragte ich sie, ob sie in ihrem Herzen keinen Platz für mich hätte, weil sie immer noch um Jimmy trauerte.

»Aber nein«, sagte sie, »die Todeshure von James Dean will nur nicht die Todeshure von Elvis werden.« Später glaubte ich dann, dass ich die Stadt gepackt hätte, und merkte nicht, dass sie mich im Griff hatte – als ich's dann endlich schaffte, dem Wahnsinn zu entkommen, gab es in Vegas immer noch eine Menge Wellblechdächer, und als es dann am 17. August so zu regnen begann, wie es kein Mensch je erlebt hatte, machte das einen Krach als würden alle Einarmigen Banditen von allen Casinos und billigen Honky Tonks zugleich ihre Ladungen auswerfen.

Für viele Menschen war dieser Regen etwas anderes; sie nannten den Regen die Tränen für Elvis.

Las Vegas liebte mich, aber die gute Zeit, die ich hier hatte, war kurz. Sie dauerte nicht länger als die Küsse mit Vampira.

Wer sie küsste, war verloren.

Ich wünschte, ich hätte nie etwas anderes getan.

Wir waren Nachtmenschen. Wenn es Nacht war, waren wir glücklich. Und in der Stunde bevor die Sonne aufging, wollte sie allein sein und schickte mich weg.

Und so ist es bis heute.

FROHBALL

Die Reservemannschaften gingen vom Feld, als ich zum Fußballplatz kam. Es war ein sonniger Sonntag, und viel mehr Zuschauer als sonst saßen an den Tischen vor dem Vereinsheim, vielleicht sogar fünfzig.

Es war so eine Liga, in der die Reservemannschaft der Gastmannschaft am Geländer an der Seitenlinie steht, wenn dann die erste Mannschaft aufläuft; einige der gegnerischen Reservemänner blieben gleich im Trikot, in dem sie gerade gespielt und eine Packung bekommen hatten, auf dieser Position stehen und bekamen von ihrem Mädchen für alles – ein Vereinsrentner, der außer dem Verein nichts hat im Leben – ein Weißbier gebracht. Fast hätte er dabei eine ihrer Spielerfrauen umgerannt, die auf dem schmalen Weg an der Seitenlinie einen Kinderwagen schob.

Ich entdeckte noch drei Spielerfrauen, die hinter den am Geländer lehnenden Männern Kinderwägen hin und her schoben. Vier gegnerische Kinderwägen waren außergewöhnlich. Da war uns die Gastmannschaft aber sauber überlegen.

Ich ging ins Heim rein, um mir ein Helles zu holen. Die junge Italienerin mit dem klangvollen Namen, den ich trotzdem vergessen hatte, stand an der Zapfanlage. Auf ihrem Leibchen stand die Behauptung, sie wäre aus einem Wettkampf in nassen T-Shirts als Gewinnerin herausgekommen, und das war auch gut möglich. Sie nickte mit dem Kopf zum Fenster hin.

»Heute wieder Frohball!«, sagte sie.

»Ja«, sagte ich, »das ist gut, das gefällt mir.«

Als ich mich draußen an einen Tisch setzte, hatten die Spieler mit der Phase des Abtastens schon abgeschlossen. Unsere Stürmer gingen durch, als hätten die anderen ihre Verteidiger daheim vergessen, und mit jeder Minute schienen sich die so genannten Verteidiger des Gegners stärker auf die Technik des Umlegens zu besinnen.

Auch der Schiedsrichter war nicht zu beneiden. Und die gegnerischen Reservespieler am Geländer brüllten vor Wut. Unser Linksaußen war ein echter Linksaußen. Wenn er am äußersten linken Rand nach vorne durchmarschierte, trat er den Reservegegnern am Geländer fast auf die Füße. Aber durch die Nähe war er ihnen ausgeliefert.

»Du beschissener Schwuchteltürke!«, brüllten sie ihn an, oder auch »Ey, du feige Türkenschwuchtel.«

Sicher war nur, dass er nicht feige war, sondern sich mit Freude und ohne Rücksicht auf Verluste durch die feindlichen Reihen tankte. Doch aufgrund der massiven Kommunikationsversuche führten nur zwei seiner Flanken zu Toren.

In der zweiten Halbzeit stellte ich mich dann zu den

gegnerischen Reservefans. Bei den Petershausenern war einfach mehr los, eine Stimmung fast wie in einem großen Stadion, und von ihrer Spielerbeobachtungsgabe konnte ich sicher noch was lernen.

Jetzt war unser Rechtsaußen ihr direkter Ansprechpartner. Er kam aus einem anderen Land als der Linksaußen, aber sie behandelten ihn auch nicht anders.

»Komm doch raus, wenn du dich traust, du dumme Jugoschwuchtel!«, lautete nur einer von vielen Annäherungsversuchen schon in den ersten Minuten.

Diese Jugoschwuchtel war jedoch nicht so friedlich wie der Schwuchteltürke, und bald packte sie sich einen der Typen mit beiden Händen, zog ihn mit einem Ruck über das Geländer aufs Spielfeld, legte ihn dort flach und machte ihm klar, er solle sich mal etwas besser benehmen. Obwohl er ihm nicht die Faust in die Fresse schlug, zeigte ihm der Schiedsrichter die rote Karte.

Jetzt konnte sich der Schiedsrichter von unseren Fans etwas anhören: »Du schwule Drecksau!«

Weil auf dem Spielfeld ein Platz frei geworden war, rannte einer von der inzwischen erholten zweiten Garnitur des Gegners auf das Spielfeld, um einen unserer protestierenden Spieler anzugreifen. Soweit kam er nicht, aber es dauerte eine Weile, bis es gelang, ihn zum Verlassen des Rasens zu bewegen.

»Wir treffen uns nachher, du dumme Sau!«, schrie er den Linienrichter an, der ihn mit seiner zum Spielfeldrand weisenden Fahne begleitete.

»Haben Sie noch alle?«, fragte der Linienrichter.

»Ich mach dich fertig«, antwortete der Reservespieler.

Hinter mir sagte eine Spielerfrau zur anderen: »Hoffentlich hat er sein Messer nicht dabei.«

Endlich hatte auch ihre erste Mannschaft ihre Packung bekommen. Alle unsere Schwuchteln hatten es ihnen gut besorgt, und auch ihre Spielerfrauen sahen nicht gut aus.

Dann schauten wir zu, wie die Gästeschlange mit ihren vier Kinderwägen langsam das Gelände verließ.

Jetzt hatten die Männer die Kinderwägen übernommen, und man sah ihnen an, dass sie sich ziemlich schwul dabei vorkamen.

GLAUBEN

Früher war in der Schule alles anders«, sagte die alte Frau, »wir haben vielleicht böse Lehrer gehabt. Wenn da bloß einer komisch geschaut hat, wir sind so viel geschlagen worden. Wenn da bloß einer irgendwas, praktisch wegen gar nichts. So schnell hast du nicht schauen können. Das waren Lehrer, was mit denen bloß los war. Und daheim hast du dann auch wieder nichts sagen dürfen.«

Sie lag im Bett. Sie hatte keine schwere Krankheit, aber es wurde nichts mehr. Die Tür vom Hühnerstall hatte geklemmt, und sie hatte dann so lange daran gezerrt, bis es ihr im Rücken etwas verrissen hat.

»Wenn sie jünger wäre, dann wäre das gar nichts«, sagte der Arzt, »aber so ...«

Jetzt kam sie nicht mehr hoch. Eine schwere Müdigkeit hockte auf ihr, seit zwei Wochen. Er stellte sich diese Müdigkeit vor wie ein schweres Vieh, unter dem keiner rauskriechen kann. Es frisst langsam an dir, aber du kriegst es nicht weg. Du schreist, aber niemand kommt und haut ihm den Kopf ab und zieht es runter.

Er versuchte, sich nichts anmerken zu lassen. Es war nicht sicher, ob sie wusste, was mit ihr los war. Er hatte den Eindruck, dass sie es ahnte, aber sie sagte nichts. Draußen gab es so viel zu tun, und sie ärgerte sich, dass sie nicht aus dem Bett kam.

»So viel Arbeit, und ich lieg auf der faulen Haut. Das darf man keinem sagen.«

Er konnte den Tod im Zimmer nicht riechen, es roch nur nach Medizin. Und ihre Stimme war lebhaft, als würde sie gleich aufstehen und losgehen, weil sie es satt hatte, sich zu ärgern.

Die Gedanken trieben sie über ihr Leben dahin, wie ein starker Wind eine Plastiktüte nachts über eine leere Straßenkreuzung, sie liegt auf dem Boden, dann kriecht sie raschelnd davon, verschwindet in der Dunkelheit, plötzlich fliegt sie zurück ins Licht, und man musste aufpassen, dass man sie dabei nicht aus den Augen verlor.

»Ich ärger mich vielleicht über die Hochzeit, dass man sich schämen muss.«

»Weil sie dich so schnell verzogen haben, und dann hast du unter lauter besoffenen Deppen herumsitzen müssen, und sie haben dich ewig nicht gefunden.«

»So schnell kannst du nicht schauen, wie die besoffen waren. Es hat ja nichts gekostet. Dann trinke ich aber nichts. Gut, ein Bier! Der Mann auch nicht viel, da haben sie alle gelacht. Und alle haben nur vom Attentat geredet. Mittags war es nichts mit dem Ankommen, weil mit dem Zug was war. Zuerst hat man nicht gewusst, ob er frei bekommt. Jetzt hat er frei bekommen und dann kommt er nicht. Ich habe mich vielleicht geärgert, so viel geweint. Jetzt ist Hochzeit und der kommt nicht. Und dann die Mutter wieder. Die Männer sind im Feld, da kannst du doch daheim nicht weinen. Dann war es abends, da hat es schon geheißen, das Attentat. Alle haben nur vom Attentat geredet. Ist er jetzt tot, man wusste noch nichts. Tanzen durfte man auch nicht. Jetzt heirate ich einmal und ausgerechnet.«

Sie ärgerte sich wie damals. Schaute aus dem Fenster, wollte sich zusammenreißen.

»Wie ist es draußen?«

»Ganz ekelhaft, ein saukalter Wind, sei froh, dass du im Bett liegen kannst.«

»Wenn man will, kann man nicht, und wenn man muss, will man nicht.«

Sie wollte auch nichts im Radio hören, und er fragte, ob er ihr vorlesen sollte, etwas Lustiges, etwas von früher, was sie wollte. Sie wollte nichts, und er überlegte, ob er die Bibel vorschlagen sollte oder ob er sie damit auf Gedanken brachte. Das musste sie misstrauisch machen. Er sagte nichts. Wenn sie etwas aus der Bibel hören wollte, musste sie es selber sagen.

Sie schlief ein, und er ging rüber in die Küche und trank ein Bier. Es war still im Haus, alle waren draußen. Nur das blöde Ticken der Uhr, einen Fetzen nach dem anderen schlug sie von der Zeit weg.

Als er mit dem nächsten Bier wieder zu ihr ging, war sie wach und schaute aus dem Fenster.

»Morgen besucht uns der Herr Pfarrer, hat der Lehrer gesagt. Aus der Stadt. Und dann haben wir das üben müssen, aufstehen, grüßen.«

Jedes verschissene Dorf hatte damals seinen eigenen Pfarrer und für alle Kinder von der ersten bis zur achten Klasse ein Klassenzimmer. Ein Pfarrer aus der Stadt kam nur einmal im Jahr in die Schule, ein paar Wochen vor der Kommunion.

»Wenn der Herr Pfarrer reinkommt, dann steht jedes Kind auf und ein jedes sagt: Heil Hitler! Alle zusammen, laut und deutlich. Die rechte Hand so, der Hitlergruß. Das haben wir dann geübt. Der Arm musste richtig, in der Richtung. Er ist mit seinem Lineal herumgegangen. Wenn es nicht richtig war, auf die Hand. Da auf die Knöchel. Dann war es wieder nicht schön gesagt. Das war dann schon eine Stunde, immer wieder, bis es dann alle anständig gekonnt haben. Ich war vielleicht froh, als die Schule vorbei war. Und dann war es auch wieder nichts.«

Sie war eine von den Ältesten, sie war vierzehn und würde bald im nächsten Dorf als Magd auf einem großen Bauernhof zu arbeiten anfangen. Das war schon fest ausgemacht, und dass sie nicht von daheim weg wollte, änderte nichts. Sie waren viele Kinder. Wer alt genug war, musste raus und arbeiten, und wenn man für so ein Mädchen eine Arbeit gefunden hatte, musste man dankbar sein.

»Mit dreißig sind wir um den Tisch gesessen, ich war die Jüngste. Wenn ich alle paar Sonntage heim durfte, habe ich Hunger gehabt. Und die Mutter schaute mich an. Wie ein Gast bin ich mir vorgekommen. Warum darf ich denn nicht jeden Sonntag heim? Du wohnst jetzt woanders. Ich habe nur geweint.«

Von diesem neuen Reichskanzler Hitler wusste sie nichts. Außer, dass der Vater einmal gesagt hatte, er könnte ihn nicht leiden. Aber das war nichts Besonderes, er konnte niemanden leiden, und es erklärte deshalb nichts.

»Nach dem Gefängnis hat er doch keinen mehr leiden können. Aber mit uns war er nicht schlimm. Anders schon. Er war nicht mehr lustig.«

»Stimmt das wirklich, er war im Gefängnis?«

»Sieben Jahre.«

»Er war sieben Jahre im Gefängnis? Bist du sicher, dass du nichts durcheinander bringst? Vielleicht warst du selber im Gefängnis, weil du deiner Mutter den Hals umgedreht hast.«

»Wegen der Versicherung, das war ein Feuer. Die ganze Scheune, die Maschinen. Einer hat sie hingehängt. Sieben Jahre haben wir ihn nicht gesehen. Kein Besuch. Die Mutter wollte es nicht, immer nur sie allein.«

»Davon hab ich noch nie ein Wort gehört.«

»Und so ein Scheißdreck mit dem Pfarrer!« Sie hatte Tränen in den Augen. »Ich versteh's bis heute selber nicht.«

Er konnte sich nicht erinnern, dass er sie jemals so sprechen gehört hätte.

Als dieser Stadtpfarrer am nächsten Tag in die Klasse

gekommen war, war sie wie befohlen aufgestanden, hatte die Rechte nach vorn gestreckt und laut: »Heil Hitler!« gerufen.

»Der Lehrer hat doch gesagt, so müssen es alle machen. Und im nächsten Moment habe ich gemerkt, ich bin ganz allein aufgestanden. Ganz allein Heil Hitler gerufen.«

Und der Pfarrer war schnell zu ihr hingegangen und hatte sie ins Gesicht geschlagen, links und rechts.

»Ich weiß es bis heute nicht, ich weiß nicht, was los war.«

Und als der Pfarrer wieder draußen war, ging der Lehrer zu ihr hin und schlug sie auch noch ins Gesicht.

»Bis heute höre ich, wie die Kinder lachen«.

HELDEN

Als einziger Gast in einer Bar, und draußen fängt die Nacht an, die Stadt zu schminken, und die Linien von Coleman Hawkins segeln durch den Raum … Und ich saß mit einem Louisiana Sour an der großen Fensterscheibe, und es regnete und die Straße glitzerte und keine Gestalt störte das Bild.

Ich fragte mich, ob jemand was Besseres erfunden hatte, als diesen Zustand. Falls ja, hatten sie vergessen mich davon in Kenntnis zu setzen.

Der Barmann war eine Weile meiner Meinung. Dann fing er an, den Raum mit akustischen Signalen zu durchlöchern. War unnötig, wir kannten uns kaum. Gab keinen Grund, mehr als den Namen des anderen zu wissen. War mir egal, ob er zuhause seine Kühltruhe mit ungewöhnlichen Stücken füllte. Hatte ihn nie besonders sympathisch gefunden.

Aber dass er diesen friedvollen Zustand zerstörte, das hätte ich nie von ihm erwartet.

»Kennste den?«, fragte er.

Kannte ich nicht, wollte ich nicht kennen; stattdessen fragte ich mich, warum ich immer viel zu höflich zu Barleuten war.

Die Kennste-den-Nummer passte so gut hierher wie ein Pappteller mit einer verschimmelten Bratwurst, und obwohl ich mich nicht davon abhalten ließ, die glitzernde Straße zu bewundern, zog er die Nummer eisern durch.

»Kommt mir langsam komisch vor«, sagte ich irgendwann, »die ganze Zeit kein Auto, kein Mensch draußen auf der Straße, ich glaube, die haben die abgesperrt, da läuft irgendwas.«

Es interessierte ihn nicht, er machte weiter.

Vielleicht hielt ihm jemand, den ich nicht sehen konnte, von unten eine Kanone an die Eier, und wenn ihm kein Witz mehr einfiel, drückte er ab.

Er hatte etwa zehn von den Dingern erzählt, als ihm auffiel, dass er schon bessere Zuhörer als mich gehabt hatte. Der Mann war nicht unsensibel.

»Erzähl du mal einen.«

»Ich kann mir keinen merken, konnte ich noch nie.«

»Also einen kennste doch auch«, sagte er, »Mensch, jeder kennt wenigstens einen, das wäre das erste Mal.«

»Nichts, absolut null«, sagte ich.

»Hör auf, das kannste mir nicht erzählen.«

»Ehrlich, ist so.«

»Unsinn, hör auf.«

Es war klar, dass er keine Ruhe geben würde, und ich dachte, wenn ich ihm was zurückgab, ein kleines Geschenk für sein großes Unterhaltungsprogramm, war die

Angelegenheit ausgestanden. In leeren Bars macht man sich gern Hoffnungen.

»Also gut, den kennste bestimmt nicht«, sagte ich, »mit dem Schreiben ist es wie mit dem Sex, es macht nur den Amateuren Spaß. Nicht schlecht, oder?«

Er schüttelte ratlos den Kopf, respektierte aber mein Engagement, und reagierte, wie ich gehofft hatte. Er beendete die Nummer mit einem Fluch auf den Regen, und ich dachte, dass jetzt die Regen-Nummer kommen würde, die ich mit Freuden ertragen hätte.

Ein Irrtum mehr in meinem Leben.

»Dann komma mit«, sagte er und ging zu der Tür, die zu einem Raum hinter der Bar führte.

Ich kam in ein kleines Büro. An den Wänden Regale mit Kneipenkram und ein Pirelli-Kalender, in der Mitte ein kleiner, mit Papieren bedeckter Tisch, auf dem ein aufgeklappter Laptop stand.

Da saß er und streute aus einem Tütchen weißes Pulver auf einen Spiegel und meinte, das wäre neu reingekommen und sensationell gut. War das die Zugabe zu seiner Lachnummer? Dann war sie nicht schlecht. Er formte mit einem harmlosen Küchenmesser zwei Linien, von denen ich mir eine, wie er es nannte, reinziehen sollte.

»Nein, danke«, sagte ich.

Ich habe nichts gegen Drogen, aber den kennste doch nicht, dachte ich, und in keine Bar der Welt kommt so lange niemand rein.

»Du bist mir so ’n Held«, sagte er und ließ beide Linien laut in seinen Nasenlöchern verschwinden.

Ich blieb an der Bar sitzen, bis es so voll war, dass sich in der Scheibe nur noch die Gesichter der Leute spiegelten.

Und dann ging ich die glitzernde Straße runter.

Marschierte sie runter wie nichts.

IMPULS

Manchmal stehe ich am Herd, haue mir mit dem alten Holzkochlöffel in die linke Hand und versuche mich an etwas zu erinnern, das meine Mama besonders gern gekocht hat. Aber meistens fällt mir nichts ein, und dann werde ich melancholisch.

Als mein Vater wegen einer Verletzung, die er sich bei einem Zugunglück zugezogen hatte, etwa acht Jahre vor Erreichen des Pensionsalters, den ganzen Tag lang zuhause war, riss er das mittägliche Essenmachen weitgehend an sich. Und wenn ich dann, mir mit dem Kochlöffel in die linke Hand hauend so dastehe, fällt mir auf, dass ich bis heute nicht weiß, ob Mama froh darüber war, dass sie von da an viel weniger Zeit am Herd verbringen musste.

Zusammen kochen konnten sie nicht gut, weil Papa meistens alles besser wusste, gut, den Salat machte sie dann schon oft, und Mehlspeisen waren gar nicht sein Fall. Er war ein Fleischmann. Wer von beiden allerdings mehr auf dem Kasten hatte, könnte ich jetzt nicht sagen. Nur Sellerie konnte ich ums Verrecken nicht ausstehen, Weißkraut auch überhaupt nicht, und für ein Sauerkraut hätte ich mir nur selten ein Bein ausgerissen.

Einmal war ich vollkommen von den Socken, das war aber schon wenige Jahre vor ihrem Tod. Sie stellte einen Teller vor mich hin, und auf dem Teller waren zwei Weißwürste auf einem ordentlichen Hügel Sauerkraut. Das hatte ich noch nie gesehen. Ich schaute das an wie einen Motorradpolizisten, der mit seiner Maschine auf einem Segelboot vorbeifährt, und meine Zustimmung war etwas flach. Bis heute glaube ich, dass sie dieses überraschend kombinierte Gericht erfunden hat. Wie auch Tortellini in einer Sauce aus Sauerkraut und Thunfisch.

Es ist noch nicht lange her, da verspürte ich eine Stunde vor dem neuen Tag das Bedürfnis, mich am Herd zu betätigen, obwohl das sonst nicht meine Zeit ist für derartige Beschäftigungen; das hatte womöglich damit zu tun, dass ich an dem Tag ein neues Kochmagazin bekommen hatte.

Schon beim Durchblättern und flüchtigen Lesen hatte ich meine Umgebung vergessen, obwohl ich mich für moderne Kochbücher und -magazine eigentlich nur interessiere, wenn es in der Fastenzeit so eng wird, dass ich an den High Heels meiner Frau lutsche, ohne sie abgekocht zu haben. Und wie es der Teufel will, erzählte der Vincent Klink dort vom Städtchen Le Roncole, wie allgemein bekannt Heimat von Tortellini und Parmesan sowieso.

So spät stehe ich also da, mir mit dem Kochlöffel in die linke Hand hauend, und entdecke im Kühlschrank eine Packung Tortellini und je eine Dose Thunfisch und Sauerkraut – und beginne vor Glück zu strahlen. Weil mir dieses Gericht von meiner Mama jetzt einfällt.

Ich denke: ein Wahnsinn.

Dabei ist es nicht besonders schwer, und man kann im Notfall auch einfache, dicke Nudeln nehmen, oder Gnocchi, klar, und, wenn es sein muss, sogar Kartoffeln zum Sauerkraut-Thunfisch reichen.

Erst kippt man Thunfisch und Sauerkraut auf das in der Pfanne schon erhitzte Öl und rührt es nicht zu heftig durcheinander, ehe es leicht zum Kochen gebracht wird. Als Gewürze empfehlen sich Knoblauch-Lamellen, Chili und weißer Pfeffer, weil der schwarze in dem Fall nicht geht.

Es darf schon etwas scharf sein.

Dass ich kein Salz fand, ärgerte mich nicht, weil es dafür endlich einmal kein Salz braucht. Ich finde, dass Salz viel zu oft verwendet wird, selbst dort, wo man es sich sparen könnte. Wenn ich das Wort schon höre oder lese.

Es dauert etwa zehn Minuten, bis die Tortellini für gute fünf dazu stoßen müssen. Man kann diese Zeit des Abwartens nutzen, sollte jedoch die Hauptsache nicht vergessen. Ich suchte ohne besonderen Eifer nach dem Salzstreuer. Wo unser Salz immer so herumsteht, man glaubt es nicht. Und wenn man es dann wieder einmal sieht, kann man es nicht fassen. Ich warte auf den Tag, an dem ich mein Hemd ausziehe und dann den rechten Arm im Toilettenabfluss versenke, um den Salzstreuer zu bergen. Ich bin mir nicht sicher, ob ich einen neuen kaufen würde, denn ich wurde so erzogen, dass ich zuerst abwarten würde, ob die Reinigung des alten erfolgreich wäre.

Als ich mir diese Ladung mit der gebotenen Gemächlichkeit einverleibt hatte und zufrieden auf dem Sofa lag, dämmerte mir, dass es nicht meine Mama war, die dieses Gericht in die Welt gesetzt hatte.

Ich fragte mich, was sie dazu gesagt hätte. Ich war mir nicht sicher. Sicher war jedoch, dass sie mir damals entrüstet erklärt hatte, Weißwürste auf Sauerkraut wären doch wohl ganz normal.

Und sie hatte, wie immer, natürlich auch völlig recht.

JOBS

Der Anblick der Bucht mit dem Felsen mittendrin war umwerfend. Alcatraz wurde von der Morgensonne bestrahlt. Felsen und Gebäude leuchteten weiß aus dem Wasser, es sah aus wie das Tor zum Paradies. Mit dem bloßen Auge konnte man den wahren Zustand der Touristenattraktion nicht erkennen, und auch nicht, dass Alcatraz einst das sicherste Gefängnis der Welt war.

Ich saß am Nordstrand von San Francisco auf einem Stück Baumstamm, links von mir thronte die Golden Gate Brücke, und ich versuchte, meinen Job so gut wie möglich zu machen. Ich dachte darüber nach, was Alcatraz für eine Bedeutung hatte. Gestern, heute, real, symbolisch.

Mit dem Drehbuch, an dem ich arbeitete, kam ich nicht weiter. Die Erklärung war, dass ich bisher zu wenig über dieses Alcatraz nachgedacht hatte.

Wie viele Männer lebten noch, die dort inhaftiert waren? Wie viele von ihnen kamen hierher, um diese Abstellkammer des Fegefeuers zu verfluchen? Wie viele kauften ein Ticket, um es sich nochmal aus der Nähe anzusehen? Und von denen, wie viele gingen dann in ihre alte Zelle?

Seit der Dämmerung war ich durch Frisco gewandert. Zuerst den Berg hoch durch das leere, verfault riechende und mir unheimliche China Town, dann runter zu den Lagerhallen am Hafen, wo noch niemand war.

Am Tag zuvor hatte mir Jessy erklärt, dass Frisco für den Einheimischen ein Hasswort war. Frisco sagten nur Touristen, die eine Nacht hinter sich hatten und beim Frühstück glaubten, sie hätten eine Ahnung. Auf die Palme jagte ich sie mit meiner selbstbewussten Behauptung, ich wüsste natürlich, dass die Einheimischen ihre Stadt San Fran nannten.

»Woher hast du diesen Blödsinn?«, fuhr sie mich an. »San Fran steht auf meinem dicken Arsch, mein Schatz.«

Den hatte ich im Museum für Zeitgenössische Kunst tatsächlich eine Weile betrachtet, ehe wir ins Gespräch kamen, und nicht weil ich ihn zu dick, sondern sehr reizvoll fand.

»Dann sag mir bitte, wie es der Insider nennt.«

»San Fucksco, in gewissen Kreisen.«

»Das glaub ich dir nicht.«

»Mir egal, was du glaubst.«

Ich wusste nicht viel von ihr am Ende des Nachmittags, hatte aber den Eindruck, dass sie ein biestiges Weib war, das grundsätzlich auf Angriff schaltete und hinter jeder Bemerkung einen persönlichen Angriff oder ein taktisches Manöver vermutete. Ich schien nie eine richtige Antwort von ihr zu bekommen, und sie schien nah an den Wutanfällen gebaut zu sein.

Die Geschichte, dass ich hier war, um an einem Drehbuch mit Alcatraz in der Hauptrolle zu arbeiten, glaubte sie nicht, nein, ich wollte mich damit nur wichtigmachen. Keine gute Voraussetzung, um ihr zu erklären, dass ich die grundlegende Idee von einem berühmten Filmregisseur geklaut hatte. Er war gestorben, als er gerade anfing, die Idee auszuarbeiten, und mehr als die grobe Konstellation war nicht bekannt. Da ich selbst keine Ideen mehr hatte, dachte ich, es wäre gut, eine viel zu früh begrabene Idee wieder auszubuddeln.

»Würde mich freuen, wenn du mitkommst, dann siehst du, dass ich's ernst meine«, sagte ich, als wir nach dem Museumsbesuch einen Kaffee tranken.

»Warum sollte ich dir zusehen, wie du dir beim Anblick von 'Traz einen runterholst?!«

Seit vielen Jahren war die Insel ein Nationalpark, und der Ex-Knast glänzte angemessen friedlich in der Sonne – nur der leichte Frühnebel, der eine äußere Kante des Felsens verschleierte, konnte einen an die alten Zeiten denken lassen. Luciano, Capone, Costello.

Männer, die es wert waren, dass man ihnen die Freiheit nahm, hatten hier gesessen und Männern, denen die Wärter längst das Rückgrat gebrochen hatten, Vorträge gehalten, die nur mit ehrfürchtigem Schweigen quittiert werden durften. Machine Gun Kelly hatte hier siebzehn Jahre gebüßt, bis zu seinem Tod. Von denen, die einen Fluchtplan durchzuziehen versucht hatten, war keiner weiter als bis ins eisige Wasser gekommen. 1963 war die

Lobby der Hölle geschlossen worden. Die Besichtigung kostete 36 Dollar.

»Diese vier jungen Leute, zwei Jungs und zwei Girls«, erzählte ich ihr, »haben also den Plan, aus Alcatraz einen Vergnügungspark zu machen. Riesenshow, tolle Effekte, Strip in der Einzelzelle, fiese Wärter, gute Burger in der Kantine. Hirn- und herzlose, natürlich nicht ganz dämliche Wir-wollen-reich-werden-egal-wie-Kinder, die es schaffen, auf Alcatraz zu übernachten, um ihren Plänen Futter zu geben.«

»Was soll der Quatsch«, nörgelte Jessy, »das ist 'n verdammter Nationalpark.«

»Pass auf. In dieser Nacht landet ein Boot dort. Drei Typen. Die wissen so ungefähr, wo der Haufen Geld liegt, der von korrupten Bullen und Mafialeuten dort versteckt wurde.«

»Da machen diese Disney-'Traz-Kinder aber große Augen«, sagte Jessy.

»Du hast es! Ganz genau!«, sagte ich erfreut.

»Und du hast 'n Affen aufm Kopf, der dein Gehirn auslöffelt und dir eintrichtert, du könntest mich mit so einem Bullshit rumkriegen, Drehbuch schreiben – dass ich nicht lache, dein Drehbuch kannst du auf meinem Arsch lesen, Buddy.«

Das Dumme war, dass sie nicht Unrecht hatte. Auf ihren Backen stand kaum weniger als in meinem Laptop, und spannender war es garantiert.

Aus Richtung Yachthafen kam um kurz nach acht

eine Touristengruppe auf den kleinen Platz, an dessen Rand ich saß. An die zwei Dutzend ältere Leute folgten ihrer jugendlichen Fremdenführerin in einem etwas zu großen Abstand. Vielleicht weil sie wie ein Kanarienvogel aus einem Horrorfilm aussah – rote Cowboystiefel, gelber Hosenanzug, rotes T-Shirt mit einer breit lächelnden Monroe, deren Frisur auf dem Kopf darüber gespiegelt war, dessen Blond von einem roten Haarband zersäbelt wurde.

Sie ruderte wild mit den Armen, um die nicht so frische Kundschaft zu animieren und grüßte Alcatraz wie einen klassischen Gebetstempel. Ich konnte hören, wie es im Inneren ihres Körpers knirschte, es war anstrengend, nett zu sein.

»Wir befinden uns im Jahre 1846«, rief sie, »und dieser Steinhaufen dort ist so bedeutend wie ein toter Joint. Doch dann kommen die Mexikaner und vergraben dort eine Kiste Gold!«

Dieses Mädchen hatte wohl selbst ein paar Joints zu viel getötet. Und machte mich hellwach. Ich stand auf – von dieser Kiste Gold hatte ich nie gehört, sie war meine Rettung, ich hatte mein Drehbuch.

»Als die Nazis 1934 wegen dem Gold kamen, wurden sie grausam besiegt! So wurde das kalte Haus Alcatraz gegründet. Zu essen gab es immer nur Katzenhaie für 300 Männer, viele mussten sterben …«

Ich versuchte, die Worte so zu ordnen, dass sie einen Sinn ergaben, aber ich schaffte es nicht.

Ich hörte Schritte hinter mir. Es war Jessy. Sie musste mir übersetzen. In einem rosa Sportanzug hopste sie den Pfad herunter, den ich auch gekommen war, grüßte mich nur mit einer Handbewegung und reihte sich in die Gruppe ein.

»Als Präsident Nixon Clint Eastwood töten wollte, machte Präsident Kennedy 1964 ein Ende, und die Indianer sangen dieses Lied.« Das gelb-rote Mädchen stellte sich stramm, legte eine Hand militärisch an die Stirn und intonierte voller Inbrunst: »No more jazz at Alcatraz, no more piano for Lucky Luciano, no more trombone for Al Capone.«

Jessy tanzte dazu sehr wild zwischen den ruhigen Senioren.

»No more jazz at Alcatraz, no more cello for Frank Costello!«

Die Sängerin verbeugte sich.

Als die Gruppe sich auf den Weg zur imposanten Promenade machte, wo bald die Massen spazieren würden, kam Jessy zu mir.

Sie war verschwitzt und aufgedreht, »ich muss weiter«, keuchte sie, »du triffst mich um sieben im Museum.«

Ehe ich fragen konnte, was das sollte, war sie davongejoggt. Der Gruppe hinterher.

In der Sonderausstellung im zweiten Stock waren wir aneinander geraten. Wir waren die einzigen, die sich die drei Wohnzimmereinrichtungen ansahen. Es waren bürgerliche, gepflegte Wohnzimmer, die von solidem Reichtum erzählten. Ich konnte keine Tafel mit einer Erläuterung entdecken. Es sah so unheimlich ordentlich aus, dass ich die exakte Nachstellung von Mordschauplätzen vermutete – im Moment vor dem Klingeln an der Tür.

Während ich ruhig da stand, stapfte Jessy durch die drei Räume, die ich von meinem Standpunkt aus komplett einsehen konnte. Spürbar geladen stpfte sie von hier nach dort und dahin.

Und dann fing sie an mit ihren Kommentaren, sagte immer wieder »unglaublich!« oder »shit!« oder »fuck!«, bis ich mich mehr mit ihr, als mit der Kunst beschäftigte, und sie fragte, worum es sich dabei handelte, ich würde es nicht verstehen.

Sie deutete auf ein protziges Ledersofa: »Diese Leute waren ein Stück Scheiße, hier war die Treppe nach oben, und da schlichen sie immer herum, um etwas zu sehen. Und die von da, die kamen aus dem Haus, als wir grade ankamen, du hättest sie sehen sollen.« Sie machte mit den Händen eine Bewegung, die ich als einen elektrischen Stuhl bei der Arbeit interpretierte.

»Okay, ich verstehe«, sagte ich.

»Filme, Mann«, sagte sie, »sie mieten diese Wohnungen an und dann gehst du rein mit der Crew. Ich hab's nie kapiert, warum diese Leute ihre Häuser dafür hergeben, ich meine, sie sind reich, wie du siehst, haben dieses Geld nicht nötig, du hättest sie sehen sollen! Und nach zwei Tagen oder vier kommen sie zurück, und wissen, da, dieses Sofa, das haben die total eingesaut, da ist alles passiert, in der Küche, in deinem Schlafzimmer, würdest du das tun, wenn du's nicht nötig hättest? Und manche fuhren nicht weg, ihr könnt euch frei bewegen, wir sind nur in diesem Zimmer dort hinten, lasst euch nicht stören, und plötzlich, während sie dir jedes deiner Löcher stopfen, siehst du sie am Fenster, Scheiße, Mann. Aber zum Glück bin ich draußen, es ist vorbei. Und jetzt steht das im Museum?! Ich kann's nicht glauben, das ist ein Witz, und woher kommst du denn, Mister Moderne Kunst?«

Ich stellte mich ihren Fragen mit wenig Widerwillen, weil ich seit einer Woche in San Francisco war und mit kaum jemandem gesprochen hatte. Ja, ich mochte Amerika, nein, nicht zum ersten Mal, nein, ich war hier, um zu arbeiten, hatte ein Interview mit einem Rockstar. Bevor ich ergänzen konnte, dass ich das Interview abgesagt hatte, weil mir alles auf die Nerven ging und ich mich auf das Drehbuch stürzen wollte, unterbrach sie mich.

»Glaub bloß nicht, dass du mich mit deinem Rockstarscheiß rumkriegst, vergiss es.«

»Wir könnten einen Kaffee trinken, das ist alles.«

»Mir egal, ich hab nichts zu tun.«

Als ich in meinem Hotelzimmer aufwachte, war es eine Stunde zu spät, um sie wiederzusehen. Ich hatte ein paar Zeilen in den Laptop getippt und war dann müde geworden.

Ich setzte mich ins Fenster und rauchte eine Zigarette. Das Haupttor, durch das man in China Town eintreten durfte, war von Menschen belagert. Im Goethe-Institut gingen die Lichter an.

Der Wind wehte den Rauch ins Zimmer. Falls der Rauchmelder losging, würde es mich vierhundert kosten. Ich warf die Kippe in den Hof, legte mich aufs Bett und stellte den Fernseher an.

Zwei Männer mit großen Hüten schmissen sich Worte ins Gesicht.

»Daran kann ich mich nicht erinnern.«

»Das lass mal unsere Sorge sein! Das ist unser Job!«

KONZERT

Das Hotel war schräg gegenüber von dem kitschigen Torbogen, der den Eingang zu China Town markiert. Nachts war es dort so leer, als würde man im Nirgendwo landen, wenn man die schmale Straße den Berg raufging. Oder in einer Mülltonne.

Ein alter schwarzer Bettler wohnte nachts neben dem Hotel, in einem Pappkarton, direkt vor einer Kneipe. Seit einer Woche begegneten wir uns jeden Abend.

Er kroch ein Stück aus seiner Papphundehütte heraus, wenn er mich kommen sah, und streckte die Hand vorsichtig aus – eine unterwürfige Geste zwischen Bitte und Furcht, zwischen einem halben Dollar und einem Hieb mit der Peitsche. Wenn ich ihm seinen Anteil gegeben hatte, kroch er voller Dankbarkeit auf dem Boden herum und ließ einen unverständlichen Singsang aus seinem zahnlosen Mund strömen.

Ich hatte den Eindruck, dass er sich nie an mich erinnerte und mir immer dieselbe Story erzählte.

»Mal was anderes, Bruder«, sagte ich, »warst du vielleicht mal in Alcatraz, du weißt schon, als es noch ein Gefängnis war?«

Er verstummte.

Er blieb ruhig sitzen und starrte zuerst mich und dann die Typen vor der Kneipe misstrauisch an. Ich sah die Furcht in seinem Gesicht.

Wahrscheinlich kamen die Jungs aus Idaho oder Oklahoma und wollten in Frisco, wie es schon lange Sitte war, endlich mal anständig einen draufmachen, und jetzt standen sie grölend vor der brüllenden Kneipe, um eine Zigarette zu rauchen und machten dem Penner Angst. Denn die Entfernung zu seinem Lager war nicht größer als eine Trompete.

Aufgeregt quasselte er auf mich ein, seine Augen auf den Haufen nervtötender Säcke fixiert, seine Hand zeigte Richtung China Town. Es kam mir so vor, als würde er mich bitten, sie dorthin abzuschieben.

Die schweren Streifenwagen, die jede Viertelstunde heulend den Berg hinunter rasten, verschwanden im Financial District, ohne sich für diesen Fall zu interessieren, und ich erklärte ihm, dass ein Mann allein diese Aufgabe nicht schaffen konnte. Aber er sah das nicht ein und klopfte mir sogar ans Bein. Ich ging in die Hocke. Vielleicht beruhigte ihn das und gab den Jungs das Gefühl, dass jemand ein Auge auf ihn hatte und sie ihn besser in Frieden ließen.

»Hast du keinen leichteren Job für mich?«, fragte ich ihn schließlich.

Er verkroch sich brabbelnd in seinem Haus und kam mit einem dreckigen Flyer zurück, den er mir hinhielt. Werbung für ein Konzert: Die größten Legenden des

Blues! Verpassen Sie diese Show nicht! Und sie rockten Frisco nur heute Abend. Und genau jetzt in der Touristenfalle neben uns.

»Ich dachte, wir sind Freunde«, sagte ich, »und jetzt schickst du mich da rein?«

Er nickte mit der Hartnäckigkeit einer Maschine. Und wer war ich, dass ich auf den Rat eines Niggerkrüppels nicht gehört hätte?

Ich bezahlte fünf Dollar Eintritt, sah, dass ich einen langen und beschwerlichen Weg vor mir hatte und teilte die Menge Schritt für Schritt.

Kehrt um und lasst ab von euren Sünden!, spricht der Herr.

Doch als ich erkannte, dass es sich hier um miesen Bluesrock von jungen weißen Männern handelte, und der Gitarrist ein *Hard Rock Café* T-Shirt trug, war es zu spät für eine Umkehr. Zu hart war die Mühsal gewesen, bis in die Nähe der Bühne zu kommen, und zu groß der Kampf um eine Flasche Bier. Eingeklemmt an einem College-Treffpunkt, in einer schreienden Masse aus falsch aufgesetzten Basecaps über karierten Hemden und irre gelaunten flotten Girls, versank ich zunehmend in Resignation. Ehe dann doch ein Funken Hoffnung aufblitzte.

Denn diese weißen Rocker waren nur eine Begleitband, sie vertrieben sich nur die Zeit bis zum nächsten Blues-Sänger – und außerdem zog die Frau vor mir ihre Bluse aus. Ihr schwarzer BH war so schmal wie ein Schnurrbart. Die Clique jubelte.

Wir standen auf dem Weg, der von Backstage zur Bühne führte, und ich bemerkte am Anfang des Wegs einen steinalten, kleinen Schwarzen, der da durchzukommen versuchte. Schwarzer Anzug, schwarze Krawatte, schwarzer Hut. Er schob einen Rollator vor sich her und kam nur Zentimeter für Zentimeter vorwärts, und kein Schwert schlug ihm den Weg frei. Herablassend glotzten sie ihn an.

Das zu beobachten war, wie in einer Zwangsjacke zu stecken.

Eine Ewigkeit später drückte er seinen Gehwagen sanft an die Hüfte der Schönheit vor mir, und sie schnellte herum und schaute erst wütend, dann erschrocken in das greisenhafte Gesicht unter dem Predigerhut, und dann auf das Gestell, an das er sich klammerte. Während ihm ihr kleiner schwarzer BH in die Augen stach.

Sie keifte ihn an, und ich verstand sie, ohne ihre Worte zu hören. Sie dachte an den Staub, zu dem sie einst zerfallen würde, und für einen kurzen Moment dachte sie an alle, die bis zum letzten Tag ihre Seele verkaufen mussten.

Die Gesänge des krummen Alten hinter dem Gehgerät konnten von den munteren Rockern, die sich angrinsten und unterhielten während sie spielten, nicht ganz ausgeschaltet werden.

Seine kindliche, unheimliche, schmerzvolle Stimme geisterte durch den Raum.

Ich sah niemanden, der ihm zuhörte, alle schrien

jemanden an oder wurden selbst angeschrien, und alle taten gut daran, denn wer ihm zuhörte, bekam eine Ladung Gift in die Venen, ein Serum, das den Blick ins Totenreich öffnete: mit geschlossenen Augen übertrug der Sänger schon die Gesänge aus dem Jenseits.

Das letzte Hemd hat keine Taschen, sagt man.

Und so sieht das letzte Konzert aus.

LÄSSIG

Mit einem Fluch auf den Lippen stolperte ich um 7:35 ins Foyer des Hotels. Ich hatte eine gefühlte Zigarettenlänge Schlaf hinter mir, hatte meine Reisegruppe verpasst und alle Weisheiten vergessen, zu denen mich Jack D. aus Lynchburg inspiriert hatte.

»Machen Sie sich keine Sorgen«, sagte die freundliche Chefin, »wir haben schon ein Taxi gerufen, das Sie zum nächsten Treffpunkt Ihrer Gruppe bringen wird.«

»Geben Sie mir Ihren Koffer, Sir, und trinken Sie einen Kaffee«, sagte der Hotelboy lächelnd, ein stämmiger Schwarzer, der längst im Rentenalter war.

Ich lehnte mit einer Handbewegung ab, ich war zerknirscht. Noch vor wenigen Minuten hatte ich hier, allein mit ihm, sehr engagiert diskutiert, sicher viel zu engagiert. Ich konnte mich nicht an die Themen erinnern, hatte aber anscheinend nichts gesagt, was er mir nachtrug.

Ich war zu derangiert, um über Peinlichkeiten nachzudenken. Und zu derangiert, um eine Tasse Kaffee vom Unterteller zum Mund zu befördern, ohne Spuren zu hinterlassen.

»In Rock City sind Sie wieder okay, Sir, Sie werden sehen.«

Das Taxi war ein Van, der für einen Guerillakrieg in den umliegenden Appalachen-Wäldern gebaut war. Der Fahrer trug eine Baseballkappe, in der man ein Baby wohlbehütet an der Schwelle eines Krankenhauses hätte ablegen können. Dickes kariertes, kurzärmliges Baumwollhemd, ärmellose Daunenweste drüber. Ein Mann, mit vollem Einsatz bei der Arbeit. Ein kleiner schmaler Typ, drahtig, trainiert, tätowiert, auf dem einen Unterarm die furchtbare Fresse eines Monsters und auf dem anderen ein Brustbild von Jayne Mansfield.

Er sprach nicht.

Auf einem Schild am Armaturenbrett stand: Duane The Taxi Driver, On Call 24 Hours, In & Out of Town Services, Millenium Call (423) 320-4027.

Einen Ellbogen hatte Duane The Taxi Driver im offenen Fenster liegen, und mit zwei Fingern berührte er das Lenkrad, um uns sicher durch den dichten Verkehr von Downtown Chattanooga, Tennessee, zu steuern. An allen Horizonten strahlendes Grün, Wälder, Hügel, dazwischen Felsen. Die Appalachen. In deren abgelegensten Ortschaften angeblich immer noch arme Weiße lebten, die in ihrem Leben noch keinem Arzt begegnet waren.

Ich fragte ihn, ob ich was fragen dürfte.

»Yessir«, sagte er.

Die meisten Leute im Süden haben diese Höflichkeit; auch zu derangierten Typen in durchlöcherten Jeans sagen sie grundsätzlich Sir. Man darf sich deswegen nichts

RELAX

einbilden und sich nicht täuschen lassen, aber es gefiel mir.

»Ist das Ihr eigenes Taxi?«

»Yessir.«

»Und Sie sind der einzige Fahrer?«

»Yessir.«

»Aber doch nicht 24 Stunden am Tag in Bereitschaft?«

»Aber sicher, Sir.«

»Und können Sie mir erklären, warum es hier, in Tennessee, mitten in den Appalachen, in einer Stadt mit zweihunderttausend Einwohnern, kein Lokal gibt, in dem ich mir eine Bluegrass-Band ansehen kann, ich meine, Sir, wo, wenn nicht hier, sollte ich mir denn eine anhören können, wissen Sie, was ich meine?«

»Ah«, sagte Duane The Taxidriver.

Er hörte für keine Zehntelsekunde auf, den Verkehr zu beobachten, seine Augen wanderten ständig von links nach rechts über die Straße, und dann dachte ich lange darüber nach, ob ich meine Frage wiederholen sollte.

»Wer sagt das, Sir?«

»Ich war gestern die ganze Nacht da draußen unterwegs, ich habe zwanzig Leute gefragt, nein, mehr, und niemand hatte einen Tipp, nicht einer, was ist denn hier los, habt ihr keinen Platz mehr für eine Hillbilly-Band?«

»Ah«, sagte Duane The Taxidriver, »Sie waren im Zentrum unterwegs.«

Ohne einen Finger mehr ans Lenkrad zu legen, rangierte er jetzt den Van durch die engen Kurven rauf zum Felsenpark Rock City. Er zupfte am Schirm seiner Kappe herum und suchte im Wald nach Worten, und er massierte die Brüste von Jayne Mansfield. Ich verstand, dass ihm die Sache peinlich war.

»Es ist so, Sir, es gibt hier ein paar Kneipen, wo unsere Musik gespielt wird, aber Sie müssen wissen, Sir, die reichen Leute kennen die Lokale nicht, wo die armen Leute hingehen, verstehen Sie, was ich meine?«

»Ja, das weiß ich natürlich«, sagte ich.

»Ah«, sagte Duane The Taxi Driver.

Ein paar Stunden später fuhr ich in einem anderen Bus den Hillbilly Highway hinunter. Wir waren eingeladen, der Eröffnungsgala des neu erbauten Symphony Centers in Nashville beizuwohnen.

Als wir das Prachtstück betraten, musste ich wieder an Duane The Taxidriver denken. Das Ticket kostete pro Nase zweitausend und fünfhundert Dollar.

MEDIZIN

»Den mach ich kalt«, kreischte das Mädchen. Wer in der Notaufnahme eines Krankenhauses sitzt und darum betet, sie möchten endlich ihren Arsch hochkriegen und einem endlich helfen, ist dankbar für jede Show, die von den eigenen Schmerzen ablenkt.

Das Krankenhaus lag im Zentrum einer Millionenstadt und war zuständig für einige Viertel, in denen weniger verdient und dafür mehr gekippt und aufs Maul gehauen wurde. Ich war enttäuscht, dass hier nicht mehr geboten war. Nur ein paar Leute dämmerten in den Stühlen, fünfzig hätten Platz gehabt. Wahrscheinlich durfte sich das Krankenhaus am Nachmittag nach dem Wochenende erholen. Zum Glück hatte das Mädchen etwas zu bieten.

»Den mach ich ganz kalt«, kreischte sie.

Sie selbst war nicht verletzt. Zwischen den Drohungen gab sie ein wütendes, hohes, nervtötendes Gejammer von sich, das sich bescheuert anhörte. Ich schätzte, dass sie in der unkontrollierten Gefühlslage gezeugt worden war, die den Fall der Berliner Mauer vor fast zwanzig Jahren begleitete. Sie steckte in einem rosa Jäckchen, auf dem viele Rehe niedlich in die Welt glotzten. Die Kapuze hatte sie weit ins Gesicht gezogen. Sie klappte ihren Oberkörper ohne Unterbrechung vor und zurück, und die Rehe schwankten mit ihr hin und her, und mit ihren Händen knetete sie eine Fellhandtasche. Das Fell war goldfarben. Die Fellhandtasche quietschte, wenn ihre Finger auf einen bestimmten Punkt drückten.

Mehr Ablenkung beim Warten in einer mitteleuropäischen Notaufnahme kann sich kein Kranker erhoffen. Nur wenn jemand diese Handtasche mit Benzin übergossen und angezündet hätte, wäre es noch besser gewesen.

»Voll kalt mach ich das Schwein!«

Jede Minute krähte sie ihren Kaltmachensatz, und der löste eine Kettenreaktion aus: Das ältere Paar und der Junge, die neben ihr saßen, schauten sie an, gaben ein mitfühlendes Geräusch von sich, beugten sich zu ihr, berührten sie und flüsterten ein paar Worte.

Sah aus wie eine Performance, war aber nur eine Familie, die in einer harten Angelegenheit zusammenhielt; es hatte jemanden schwer erwischt, und jemand schwor schlimmste Rache.

Ein nicht verletzter Beobachter hätte den Trupp vielleicht ernst genommen. Aber sie sahen aus, als hätten sie auf dem Weg ins Krankenhaus angehalten und in einem Kaufhaus die Fellhandtasche gekauft, um das Mädchen zu trösten.

»Ich mach den richtig kalt!«

Wer verletzt ist, neigt zu exzentrischer Wahrnehmung und Phantasie, deshalb konnte ich erkennen, was passiert war: Sie und ihr Freund hingen draußen mit ihrer Clique herum, und alles war ganz friedlich und langweilig, bis dem besten Kumpel von ihrem Freund diese Rehe auf ihrem neuen Jäckchen dermaßen dämlich vorkamen, dass er nur noch sagte, eine so bekloppte Jacke hätte er noch nie gesehen, eine so bekloppte Jacke mit so behämmerten Rehen. Und dann haute ihr Freund ihm eine rein und bekam von seinem besten Kumpel einen Stich zurück. Das war nichts Besonderes, junge Männer beantworten eine Bemerkung über die Schwächen ihrer Frauen meistens mit Gewalt.

»Den mach ich so was von endkalt!«, kreischte sie, und dann begann die Handtasche wieder zu quieken, und die Verwandtschaft brummte und die Rehe hüpften.

Ich musste nur aufpassen, dass sie nicht zuerst *mich* kaltmachte. Denn jedes Mal, wenn ich auch nur unterdrückt lachte, fühlte es sich an, als würde ein glühendes Schwert in meine linke Seite stoßen. Es war etwas erträglicher, wenn ich im richtigen Moment beide Hände an die Brust presste.

Als mich die Notärztin abholte, fühlte ich mich wieder ziemlich gesund. Ich kannte dieses Phänomen, dass allein der Anblick eines Mediziners Heilung bewirkt. Zum Glück bestand sie nach einer kurzen Schilderung meiner Symptome auf der geplanten Untersuchung, denn die Schmerzen packten mich wieder, bevor ich es bis zu einem Messgerät geschafft hatte. Ohne ihre Hilfe konnte ich mich nicht mal auf die Liege legen.

Sie warf das Wort Lungenfunktion in den Raum, und mir fiel auf, dass sie es eilig hatte und sich von den vielen weißen Kitteln, die ich plötzlich sah, nicht ablenken ließ. Während ich die Anweisung befolgte, so tief wie möglich einzuatmen, beobachtete sie die Digitalanzeige.

»Mit so einer gebrochenen Rippe ist nämlich auch nicht zu spaßen«, sagte sie, »und das sieht mir ganz nach einer aus.«

Ich schloss die Augen, ließ sie hantieren, mir irgendwas um den Arm schnallen, hörte, wie sie mit ihrem Stuhl herumfuhr, und wunderte mich, dass sich ihre Bemerkung, auch damit wäre nicht zu spaßen, in mein Gehirn bohrte.

Warum *auch* – was denn noch?

Ich brachte das mit der Rehfrau in Verbindung. Der Ärztin war aufgefallen, dass ich mich über ihr Leiden amüsiert hatte, statt Mitgefühl zu zeigen, ein mieser Zug, ich fühlte mich schuldig.

Dann fiel mir *auch* eine bessere Erklärung ein. Die Rehfrau saß seit Stunden im Warteraum, kreischte und schaukelte, und das war *auch* den Ärzten nicht entgangen, und sie machten sich schon über ihr dummes Jäckchen lustig und äfften ihre endkalten Sprüche nach, denn *auch* Ärzte dürfen sich nicht in das Elend, mit dem sie täglich zu tun haben, hineinziehen lassen und müssen sich *auch* ihren Humor bewahren.

»Also auch etwas weniger Sport«, sagte ich.

»Nehmen Sie das nicht auf die leichte Schulter«, sagte sie streng.

»War nicht ernst gemeint.«

»Von mir schon.«

»Ich weiß.«

»Dann ist ja gut.«

Ich gab auf. Und sie gab ein paar Minuten später Entwarnung: »Sie schweben nicht in akuter Gefahr, genau untersuchen müssen wir das trotzdem.«

Sie warf mir drei Tabletten in den Mund und schob mich in einen dieser Zwischenräume, in denen nur noch die Gefahr besteht, dass sie dich dort schweben lassen, bis dein Fleisch zu Asche geworden ist.

Der Raum war klein, kahl, bedrückend, ohne Fenster, Neonlicht. Wer es bis hierher geschafft hatte, brauchte nun keine schnelle Hilfe mehr, sondern vor allem Geduld. Ein stämmiger älterer Mann saß da, dicke Jacke über dickem Pullover, schwere Schuhe. Und an einem Waschbecken stand ein junger Mann im roten Trainingsanzug und schaute in den Spiegel. Das war wenig Ablenkung für meine tobende Rippe.

»Was für ein Scheiß«, murmelte der junge Mann.

In der einen Hand hatte er ein Telefon, in der anderen ein Papiertaschentuch, mit dem er sich am Auge herumfummelte. Er wippte von einem Bein aufs andere, schaute in den Spiegel, schaute aufs Telefon, wechselte munter hin und her, sprang zur Tür und spähte in den Gang raus, wieder zurück, wieder in den Spiegel.

»Mann, Mann, Mann«, sagte er wütend zu seinem Telefon.

»Viel krank?«, fragte der dicke ältere Mann. Er hatte mich dabei im Blick. Ich stöhnte nur, um ihm klar zu machen, dass ich für ein Gespräch zu schwer verletzt war.

»Frau krank«, sagte er.

»Diese Scheißfrau«, sagte der Trainingsanzug.

»Nicht Scheiße, gut«, sagte der Ältere.

»Hallo?! Die wollte mich glatt kaltmachen!«

»Nichts gemacht.«

»Mann, nicht deine, meine bescheuerte Scheißfrau!«

Er baute sich für eine Erklärung auf, stand da, als wollte er den traurigen Ehemann in den Ring holen, und ich spürte die Hoffnung auf eine neue Unterhaltungsshow in mir ausbrechen, aber in dem Moment wurde draußen ein Name gerufen und er rannte los.

Eine stöhnende Frau kam rein, beide Hände unter die Brust gepresst. Sie hatte sich auf eine altmodische Art schick gemacht, wie meine Mutter, wenn sie zum Arzt oder zur Messe ging. Ich glaubte, ihr Kölnisch Wasser riechen zu können.

»Viel krank?«, fragte sie der ältere Mann.

»Ach, könnte ja schlimmer sein«, sagte sie, eine tapfere Frau Mitte fünfzig.

»Haben Kinder?«

»Nein, das nicht.«

»Verheiratet?«

Sie schüttelte den Kopf, musste lachen, bekam dafür auch einen Stich in die Seite.

»Allein nicht gut«, sagte er betrübt.

»Ach, naja«, sagte sie, ihm eindeutig widersprechend.

Er blieb dran: »Wohnen wo?«

Langsam baute ich wieder auf. Was der Alte hier vorführte war kein schlechter Dreh. In dieser speziellen Situation ließen sich zarte Bande leichter knüpfen, während es in den Hotels zu viel Konkurrenz gab und jede Frau wusste, dass Hotels ein beliebtes Einsatzgebiet für Heiratsschwindler waren.

Diese angenehme Atmosphäre wurde zerrissen, als Tank Girl in den Raum schleuderte. Sie war ein Strohhalm unter einer großen Baseballkappe, deren Schirm sie im Nacken hatte, und sie endete in riesigen dreckigen Turnschuhen. Sie schwankte und knickte ein beim Laufen, und ihre Arme schlugen wild durch die Gegend. Das Comicmädchen, das mit seinem Panzer in ständiger Lebensgefahr über eine von Kriegen und Katastrophen verwüstete Erde kurvte, war zwanzig Jahre älter geworden. Sie hatte überlebt, aber ihr Gesicht zeigte, wie hart es gewesen war.

Sie drehte sich im Kreis, anscheinend verwirrt von den Personen im Raum. Als sie scharf bremste, konnte ich den Schriftzug +*detroitcobras*+ auf ihrer Kappe lesen. Dann landete sie neben dem Mann mit der angeschlagenen Frau und lag ähnlich schief im Stuhl wie ich.

»Viel krank?«, fragte er Tank Girl.

»Hnnn!?«, machte sie, schnellte nach vorn und berührte mit ihrer Nase fast seine. Ihre Antwort war eine Lawine aus unverständlichen Worten, irrsinnig zerhackt und schnell ausgestoßen. Er nahm den Schwall hin und wartete, bis er langsam versickerte.

»Frau krank«, sagte er traurig.

Tank Girl legte wimmernd ihren Kopf an seine Schulter und streichelte seine Wange. Er legte seine Hand auf ihr Bein. Sie flüsterten aufeinander ein, stärkten einander. Eine Idylle, der keine Dauer vergönnt war. Nur Sekunden später wurde Tank Girl von feindlichen Mächten angegriffen, sie sprang davon und brüllte mit völlig anderer Stimme klar verständlich: »So geht das doch nicht! Die Apparate sind keine Relation! Man stellt sich an!«

Dann schlingerte sie zur Tür. Nur ihr Kopf verschwand um die Ecke, ihr dünner Körper blieb zuckend im Raum.

Sie brüllte in den Gang: »Hallo! Was ist denn los! Das habe ich euch schon tausendmal gesagt!«

Sie taumelte wieder zurück, suchte jetzt den Kontakt zur Frau, die keine Kinder hatte, und stellte sich, die Fäuste in die Hüften gestemmt, vor sie hin.

»Lass mich bloß in Ruhe!«, schrie die Frau.

Tank Girl flüchtete heulend aus dem Zimmer. Die Ärztin, die mich untersucht hatte, verpasste sie nur knapp.

»Wo ist denn unsere Elfenprinzessin?«, fragte sie freundlich.

Ich war überrascht, wie Tank Girl auf sie wirkte. Eine Minute später hatte sie ihre Prinzessin wieder eingefangen und brachte sie zurück.

»So geht das doch nicht, Süße, wir müssen doch wissen, wo du bist, und du musst auch ein bisschen an die anderen Patienten denken, also bleib mal schön sitzen.« Sie ging, ohne die Wirkung ihrer Anweisung abzuwarten.

Tank Girl wimmerte, gehorchte aber auf ihre Art – und setzte sich im Schneidersitz vor mich hin.

»Und was ist denn mit dir los?«, fragte sie mitfühlend, mit der Stimme einer besorgten Mutter.

Das war nun die dritte Stimme, die aus ihr gesprochen hatte. Und ich fragte mich, wie sie wohl Weihnachten verbringen würde. Und wie hatte das in ihrer Kindheit ausgesehen? Und wie würde es ihr in einem Jahr ergangen sein?

»Dein Schmerz kommt von innen«, säuselte sie, »das musst du annehmen.«

Ich stöhnte nur, bedeckte mit einer Hand meine Augen, machte mit der anderen eine abwehrende Geste, ich war für keine Elfe und kein Panzergirl zu sprechen.

Sie packte meine Hand. »Du Ärmster«, hauchte sie, »aber die Ärzte können dir auch nicht helfen, vergiss das nicht.«

Als ich aus dem Röntgenraum kam, waren sie alle

weg. Ich humpelte zum Ausgang. Mein Freund holte mich ab, ich kroch in seinen silbernen Mercedes.

»Und, wie sieht's aus?«, fragte er.

Ich schaute aus dem Fenster. Ein dreckiger Novemberhimmel presste sich auf uns, mit einer feuchten Kälte, die uns den Rest gab.

Vor dem Eingang zur Notaufnahme hatten sich das Mädchen mit der Rehjacke und Tank Girl gefunden. Sie rauchten, und Tank Girl befingerte die quietschende Fellhandtasche der Rehfrau.

»Halb so wild«, sagte ich.

NATUR

Ganz früher einmal war die Natur ein friedlicher, ruhiger, angenehmer und gemütlicher Ort. Bis der angeblich so liebe Gott auf die Idee kam, menschenähnliche Wesen und andere Plagen hineinzuwerfen.

Verlässt man den Steinhaufen, der Stadt genannt wird, gibt es nur noch Probleme. An die Deppen, die mit zwei Skistöcken herumlaufen, denke ich dabei erst gar nicht.

Ein Brennnesselfeld habe ich mit Pickel und Spaten in einen fruchtbaren Acker verwandelt, aus dem ich Kartoffeln, rote Beete, blaue Bohnen, Salat und Knoblauch rauszuholen gedenke. Ist das nicht schön?

Und wie. Seitdem bin ich beschäftigt, die permanenten Angriffe von Schnecken und Vögeln abzuwehren, während ich selbst permanent von Wespen, Zecken und Schnaken attackiert werde. Da muss die Frage erlaubt sein, ob die Welt nicht ein permanentes Ärgernis ist.

Damit hier kein falscher Eindruck entsteht – ich spreche nicht von Max Strauß, das wäre ein Missverständnis. Im Gegenteil, von allen Politikerkindern ist mir der Max wirklich das liebste, und es stört mich nicht, dass er beinahe täglich im Gericht sitzen muss, wenn es ihm möglich ist. Uns verbindet nämlich ziemlich viel.

Ich komme aus der Stadt, in der sein Vater damals seine politische Karriere begonnen hat, als Landrat, nachdem ihm sein guter Posten als Offizier für wehrgeistige Führung genommen worden war. Wir sind gleich alt und haben gewisse Beziehungen zu Augsburg, Dachau, München und Bayern, und neigen deshalb zur Depression. Auch haben wir beide mit seiner Schwester durchaus unsere Probleme gehabt, ich zum Glück nur zu der Zeit, als sie noch eine tapfere Ministerin für schulische Angelegenheiten war. Überhaupt sind wir in unserem familiären Umfeld mit nicht wenigen CSU-Mitgliedern konfrontiert. Zudem hatten und haben wir gelegentlich mit Verbrechern zu tun und sind sowieso nicht immer der Meinung, dass das Gesetz der Verhaltensregeln letzter Schluss wäre. Auch eine nicht selten auftretende Arbeitsunfähigkeit verbindet uns.

Der Max und ich haben es so weit gebracht, dass nicht wenige Mitmenschen der Meinung sind, wir hätten es nicht *so* weit gebracht. Aber dann denken wir uns, die sollen sich bloß schleichen.

Ich scheue mich nicht zu sagen, wie es ist: ich wünsche mir einen Ministerpräsidenten Max Strauß!

Dass dies dann auch die einzige Chance wäre, die der bayerischen Sozialdemokratie unverdient in den verdorrten Schoß fallen würde, muss man hinnehmen.

Wo sind wir denn jetzt gleich wieder stehen geblieben? Bei kaum zu ändernden Problemen ... Da sind wir – der Herr Oberlehrer also, der von den bösen Kindern so gequält wird, dass ihm die Eier bald abfallen, träumt wahrscheinlich von meiner Hütte mitten im Wald. Die gute Luft, die süße Katze, die selbstbestimmte Arbeit, der klare Sternenhimmel, die Ruhe und der ganze Mist! Wenn die Kinder wüssten, wie es in dieser scheinbaren Idylle hier zugeht, würden sie den Meister dorthin wünschen.

Nachts rührt sich dauernd was im Wald. Ich liege im Bett, schlafe praktisch nicht, mit der Axt in der einen, dem Messer in der anderen Hand. Ein Ast knackt. Ist es nun ein Reh oder ein Mensch, der sich, von der Straße her kommend, an der es keine Straßenbeleuchtung gibt, verlaufen hat? Nicht selten höre ich etwas scheppern auf der Veranda, und frage mich, ist es die Katze oder ein Raubmörder? Falls in diesem Moment auch noch meine Blase dringend geleert zu werden wünscht und ich daher die Hütte zu verlassen gezwungen bin – dann gute Nacht.

Am Bach, nur zwei Meter von mir entfernt, wohnt eine Bisamratte, die, nach Augenzeugenberichten, so groß wie ein Schäferhund sein soll. Wenn ich sie plantschen und keuchen höre, glaube ich nicht, dass die Hütte ihrem Angriff standhalten könnte; angeblich würde sie jedoch türmen, wenn sie nur meinen vorsichtigen Schritt hören würde.

Auch der Biber ist ein nachtaktives Tier, und am Tag sieht man, dass man nachts nicht ohne Helm gewisse Wege gehen sollte. Man spaziert an einem Fluss entlang und kommt nicht voran, weil dauernd Bäume im Weg liegen. Falls unser Land nicht wegen einem Söderbeckstein untergeht, dann wegen dem Biber. Es hilft nichts, dass allein im Landkreis Dachau schon vier Biberberater im Einsatz sind, sie stehen auf verlorenem Posten. Denn der Biber hat in Bayern keinen natürlichen Feind! Aber der Jäger darf ihn dennoch nicht in seiner Freiheit einschränken. Weil der Naturschützer auch noch da ist. Dass auf diese Art Probleme zu lösen sind, kann glauben, wer mag, ich nicht.

Die feigste Sau von allen aber, ist der Fuchs. An den Biber traut er sich nicht hin, doch bei uns hat er achtundzwanzig Hühner massakriert. Das war unnötig und nur seiner sinnlosen Blutgier geschuldet, denn er kann nicht mehr als vier in sein Lager mitnehmen. So hat also auch der Fuchs seine Lektion Neoliberalismus gelernt. Und von den Güterzügen, die Tag und Nacht die Hütte zum Zittern bringen, lässt er sich genauso wenig stören wie von den Trucks, die auf der Autobahn ihr Ziel zu erreichen versuchen und deswegen ununterbrochen hupen.

Nichtsdestotrotz gibt es natürlich auch viel zu berichten, worauf wir in unserem Freistaat stolz sein können!

Wenn ich am Grab der Großeltern stehe, betrachte ich die modische Kleidung der Golfspieler gleich hinter dem Friedhofszaun nicht ohne Interesse. Das strahlende Rot der vielen sich im Wind wiegenden Ackerschnallen weiß mich besonders zu erfreuen.

Und manchmal, wenn der Specht fröhlich hämmert, winke ich ihm mit der Sichel zu, die mir im Kampf gegen jedes Unkraut treu zur Seite steht.

OSTERN

Der Junge mit den blonden Haaren beugte sich über seine Freundin und redete beruhigend auf sie ein.

»Gleich is vorbei«, sagte er, »halt still, du hass fass geschafft, Mensch, blöde Schnalle.«

Sie hockten auf der Treppe, die zu einem der Nebenausgänge des Hamburger Hauptbahnhofs führte, und sie wurden gestreift von tausend Augen pro Minute. Ich blieb einen Moment stehen, um ihnen zuzusehen. Ihre Beine zuckten heftig und ihre Turnschuhe scharrten über die dreckigen, nassen Stufen. Er hielt ihren zitternden Arm fest und versuchte, eine gute Stelle für die Nadel zu finden.

Der Strom floss zu beiden Seiten an uns vorbei, rauf und runter, und eine tiefe männliche Stimme sagte ganz ruhig zu mir: »Geh aus 'm Weg, Arschloch, das gibt's doch nicht.«

Einen Moment lang sah ich uns von oben, wie wir ein ovales Loch im Strom bildeten. Drei Steine im sprudelnden Wasser. Und ich hörte das Wasser singen vom Loch im Arm, in das die Kohle reinfließt.

Dann gab ich meinen Widerstand auf und ließ mich mitreißen und wurde in die Hauptschlagader des Bahnhofs reingespült, mitten in das behämmerte Gerenn und Gewirr in einer zähen Feierabendsoße aus keifendem Geplärr und Gelaber. Jeder drängelte und drückte, jeder stand im Weg, alle waren blind und wütend und jeder war zu spät, wollte wohin, kam nicht durch, wurde bedrängt, beschimpft und beschissen sowieso, zwei Taschen in der Hand und das Telefon jault und ein Kaffee-zum-Gehen fliegt vorbei ohne Deckel oben drauf.

Ich versuchte mich zu konzentrieren und mich nicht geistig, sondern nur körperlich der Situation anzupassen – sei wie ein Fisch in der Masse und lass ihre Aufregung wie Wassertropfen an dir abperlen, und du wirst das Nadelöhr erreichen, frisch wie unter den Sonnenstrahlen des anbrechenden Tages, und eingehen wirst du leicht wie ein Fuchs in seinen Bau!

Eile mit Weile, hatte es jemand in weniger schmuckvolle Worte zu fassen versucht.

Vergiss diese weisen Scheißer, dachte ich, und versuche dein Ziel so schnell wie möglich und mit allen Mitteln zu erreichen, ohne wahnsinnig zu werden.

Aber ich hatte das schon unter besseren Bedingungen versucht und keinen Erfolg gehabt. Ich hatte die Nacht durch bis zum Frühstück getrunken und meine Nerven ragten blank wie ’n Blitz aus den Knochen und verkündeten, sie würden es ohne ein stärkendes Glas nicht bis zum Gleis schaffen, und ich wäre doch schon so spät dran, dass ich meinen Zug sogar verpassen würde, wenn ich jetzt einen vollkommen menschenleeren Weg vor mir hätte. Also wozu die Aufregung, wenn sie sich woanders fragen müssen, ob sie den Luftschutzbunker rechtzeitig erreichen werden. Und solltest du diesen Zug doch erreichen, dann wird er so überfüllt sein, dass du dir deinen Koffer ins Maul stopfen musst.

Was schließt du daraus, wenn du scharf nachdenkst?

Bleib kühl und nutze die Situation. Nimm den Zug danach. Der wird so leer und friedlich sein wie das Paradies. Erholt wirst du dein Ziel erreichen. Jetzt entspann dich im Lokal. Bei einem Gläschen Bier wirst du einen Mann treffen, für den du in tiefster Not einen Brief schreiben sollst und entlohnen wird er dich reich wie ein Fürst seinen Sohn, der bereit ist, alle Ämter zu übernehmen und zu erledigen, wie auch jeden, der nur den Schatten eines Wortes dagegen vorzubringen wagt.

Das ist nur ein Beispiel.

Kann auch sein, du erfährst eine Begegnung, die tausend Mal besser ist. Vergiss nie, dass du einmal einem Fremden seine Tasche aus dem Schließfach geholt und in die Kneipe getragen und für den Dienst tausend Mark versprochen bekommen hast, aber dann waren es nur fünfhundert, und der Tag wird kommen, an dem du diese falsche Drecksau wieder treffen wirst. Ich muss den Zug erreichen. Dieser Hinterkopf da vorne erinnert mich an, wie heißt er denn, vor zwei Jahren im Herbst am Hafen haben wir uns getroffen, ein Interview zur neuen Platte, in Begleitung seiner Freundin, auf ihrem T-Shirt stand *Rock Baby!* und sie wollte von mir wissen, wann man und ob sie zu alt für so ein T-Shirt wäre, und ihr Insistieren war ihm peinlich, und er merkte, dass ich unsicher war, wie viel Beachtung ihr schenken, wie viel Höflichkeit haben, Mann, sei dir um Himmels willen im Klaren darüber, du bist ein Geschöpf, das, wenn es diesen Zug verpasst und sich auf ein Bier fern vom Gleis niederlässt, garantiert auch den folgenden Zug verpassen wird.

Das ist keine aus Panik entsprungene Idee, sondern ein durch Erfahrung begründeter Verdacht – und bist du so geboren oder haben sie dich dazu gemacht?

Nun bleib doch ruhig, weich nicht ab von deinem Weg, dein Zug hat sicher Verspätung und du wirst ihn erreichen. Zwei Augenpaare, die mich genau rastern, Taschendiebe oder Zivile, und warum gehen alle Leute entgegen meiner Richtung? Meine Neigung, in allen Gesichtern lesen zu müssen, geht mir auf die Nerven. Nimm doch den Zug morgen, hatte beim Frühstück jemand zu mir gesagt, der Zug, den du nehmen willst, ist garantiert der reine Irrsinn. Schon wieder einen guten Rat in den Wind geschossen, wer hatte mir helfen wollen, ich sah sein Gesicht vor mir, doch der Name war weg.

Langsam fühlte ich mich schwer angeschlagen, diesen Menschenmassen nicht mehr gewachsen. Aber ich hatte den Eindruck, dass es allen anderen nicht besser ging. Auch sie schien angeschlagen, am Ende zu sein. Manchmal half es, sich bewusst zu machen, dass man in keiner besonderen Lage steckte. Den anderen schien es nicht besser als mir zu gehen. Alle hatten das gleiche große Problem. In wenigen Stunden würde mit der nächsten Geisterstunde ein Feiertag anbrechen. Und nach diesen 24 Stunden würde noch ein Feiertag mit 24 Stunden folgen. Und es würde anschließend nochmal ein paar Stunden dauern, bis der nächste Tag sein Tor aufsperrte. Das musste man sich klarmachen.

So erklärte sich die Furcht in den Gesichtern.

Und ich konnte hören, was die Gesichter sagten, bevor sie mich aus dem Weg zu räumen versuchten.

Ich werde meinen Zug verpassen, und der nächste Zug fällt aus, der beheizte Warteraum ist überfüllt, ich verschlafe den letzten Zug, muss am Bahnsteig übernachten, werde beraubt und zusammengeschlagen und in einen miesen rumänischen Puff verschleppt, ich kann doch nicht anders, als dich über den Haufen zu rennen, du blöder Hund, das ist nicht persönlich gemeint, aber so ganz unschuldig daran bist du genau genommen übrigens nicht, so wie du hier rumgehst.

Und wenn keine Furcht in ihren Gesichtern war, dann Hass – ich verpasse meinen Zug, meine Frau vergisst den Topf auf dem glühenden Herd, die Küche fängt Feuer, sie verliert, mein Gott, wie immer in solchen Situationen!, den Kopf, kennt kein Telefon, steht gelähmt vor der Garage, das Haus brennt ab, die Garage fängt Feuer, das Auto brennt ab, nimm nur heute einmal das Auto, hat sie mich angefleht, du weißt doch, dass morgen, und ich sage noch, ach was, und übermorgen doch auch noch, sagt sie, aber das ist doch nicht, ich bin doch kein, und genau du, du, der du mir jetzt im Weg stehst, bist schuld, ich werde dich und die Deinen bis ins zehnte Glied mit Prozessen zuscheißen, mein bester Freund ist Anwalt mit Verbindungen nach ganz oben und ganz oben ist so weit oben, dass du in mein Arschloch passt, wenn du runterfällst.

Und wenn nicht Hass, dann stand reine Mordlust in ihren Gesichtern – ich halte ein quengelndes Kind an der Hand, ich verpasse den Zug, der Rucksack drückt, das Kind quengelt, der Zug verschwindet, das Kind verschwindet, der Rucksack quengelt, alle schauen mich komisch an, weil ich das zweite Kind auf den Rollkoffer gebunden habe, aber ihr kennt diese Probleme nicht, oh nein, bei euch läuft immer alles glatt, und der bescheuerte Rollkoffer rollt nicht mehr richtig, und das auf dem Rollkoffer festgebundene Kind fängt zu quengeln an, und dieses Schwein hält mich auf, mit mir kann man's ja machen, aber das lasse ich mir nicht mehr bieten, ich renne dich um, werde deinen Bauch zu Matsch zertreten, werde auf deinen Gedärmen tanzen, du allein und mit wenig Gepäck reisendes Männerschwein, das im Zug immer nur seine Ruhe haben will.

Und ich sah, dass sie alle beteten: oh Herr, gib uns hier und jetzt einen dieser tapferen Selbstmordattentäter. Und ich war bereit, mich diesem Gebet anzuschließen.

Das war der Zustand, in dem ich gestoppt wurde.

Vor einem Mann, der mit einem ganz anderen Trick zu überleben versuchte, war Endstation.

Eine Barrikade, an der ich nicht vorbeikam.

Er hatte seine Beine tief in den Boden gerammt, presste die Hände auf die Ohren und hatte auch seine Augen geschlossen. Die Masse walzte so dicht an uns vorbei, dass auch das dünnste aller ausgehungerten Models nicht an ihm vorbeigekommen wäre. Ich hätte ihn mit meinem Koffer niederschlagen müssen, ich stellte ihn ab und gab auf. Ein Mann muss wissen, wann er aufgeben kann, ohne sein Gesicht zu verlieren. Und ein Mann in einer Armeejacke sollte nicht unterschätzt werden – und wenn seine Armeejacke schmutzig ist, dann auf keinen Fall. Ich berührte ihn mit einem Fingerschnippen leicht an der Brust. Seine Augen klappten auf.

»Gratuliere!«, schrie ich ihn an, »du hast gewonnen.«

Er nahm beide Hände von den Ohren und hielt sie mir geöffnet hin, als sollte ich meine Hände reinlegen.

»Anfassen ist aber nicht«, sagte ich.

»Mensch, was ist denn heute los«, sagte er, »die sind doch alle komplett durchgedreht, merkste das auch? Keiner gibt mir was, niemand. Da ist nur total Hass unterwegs.«

»Naja, morgen ist eben Feiertag«, sagte ich, »da ist das ganz normal.«

Wie alle Übergeschnappten wusste er es natürlich besser: »Aber das ist doch was Schönes, so ein Feiertag!«

»Aber am Feiertag kannst du nichts Einkaufen, und

wenn du's heute nicht schaffst, alles einzukaufen, dann hast du morgen ein Problem, und, jetzt halt dich mal fest, übermorgen kommt noch ein Feiertag, und da hast du dann ein echt fieses Drecksproblem am Hals, verstehst du, also wir zwei wahrscheinlich nicht, aber unsere lieben Mitmenschen hier.«

Wie alle Übergeschnappten hatte er jedoch keinen Sinn für die Probleme anderer: »Aber hey, die würden mich am liebsten alle umbringen!«

»Kann sein, wird aber keiner riskieren, weil das gibt dann 'ne Tonne Ärger, die Bullen kommen, Abgang, dann ist Essig mit dem Fest, und davor haben sie noch mehr Schiss, verstehst du? Das ganze Fest würde dann ins Wasser fallen, und dann dauert das ein ganzes geschlagenes Jahr bis das Fest wieder kommt, und wer weiß denn schon, ob er dann noch lebt.«

»Ja«, sagte er und ließ meine gut gemeinten Worte sorgfältig durch den nickenden Kopf sickern. Ich drängte ihn nicht, unseren Gedankenaustausch schneller fortzusetzen, denn in einer hektischen Welt hatte man uns mit reichlich Zeit beschenkt.

»Echt ins Wasser?«, fragte er mitfühlend.

»Aber voll«, sagte ich, »das Fest ertrinkt in einem Meer aus Tränen, wenn du so willst, Trauer, das Fest der Freude wird von Trauer überschattet, und das ist noch ziemlich poetisch ausgedrückt, genau genommen wird das platt gemacht, das Fest wird abgemurkst.« Ich zog den Strich über den Hals.

»Aber welches Fest denn?«

»Ostern.« Das schien ihm nichts zu sagen. »Kennste doch, gestern ist Jesus am Kreuz unter die Räder gekommen, und morgen rollt er den Stein weg und steigt aus dem Grab, und dann kommt der Osterhase und bringt ihm seine Eier.«

»Der Osterhase kommt?«, fragte er langsam.

»So ist es, Kamerad.«

Seine Augen wurden größer und heilige Strahlen berührten sein Gesicht. Er streckte beide Arme zum Himmel, der irgendwo über dem Dach hängen musste.

»Der Osterhase!«, schrie er, »der Osterhase kommt!«, brüllte er. Und ich sah, dass ein Riss durch die Menge fuhr.

»Nur die Ruhe«, sagte ich und zündete mir eine Zigarette an.

Ich hielt ihm die Schachtel hin, aber er merkte es nicht. Das Erlebnis, im ruhigen Auge eines Orkans zu stehen, ist selten und man sollte es genießen. Doch dieser paranoide Kerl fing an, sich mit den Fäusten heftig auf die Ohren zu hauen. Das musste wehtun. Wahrscheinlich war es das, was ihn aus der Bahn geworfen hatte.

»Lass uns einen trinken gehen, ich lade dich ein, wir trinken ein Glas auf den Osterhasen, was hältst du davon?«

Er hörte mich nicht, und ich zog ihn am Ärmel seiner Armeejacke. Er schlug meine Hand weg, hatte mich wohl falsch verstanden, ein Problem, mit dem ich ständig zu tun habe, ich nahm's ihm nicht übel. Als ich meine Einladung wiederholen wollte, wurde ich von einer scharfen Stimme zum Schweigen verdonnert.

»Schönen guten Abend, ihr zwei Hübschen«, sagte einer der beiden Bundespolizeibeamten, die uns jetzt flankierten, und ich erkannte, dass ihre Augen uns schon lange gerastert hatten.

»Was gibt's denn?«, fragte sein Kollege.

»Die haben den eiskalt abgemurkst«, heulte mein Freund.

»Aber er hat's überlebt«, sagte ich.

»Das ist doch mal eine gute Nachricht, wenn der Abgemurkste überlebt«, sagte der eine Beamte.

»Wenn das denn stimmt«, sagte der andere.

»Wenn das denn stimmt«, heulte der Soldat.

Ich erinnerte mich, dass es wegen dieser Frage schon Millionen Tote gegeben hatte. Aber ich entschied mich, sie nicht darauf hinzuweisen. Denn ich sah, dass alle Hunde schliefen. Es war ihnen egal, wie die Sache diesmal ausgehen würde.

PUNK

Sie kannten sich erst seit zwei Tagen, und von einem Hund hatte sie ihm nichts erzählt. Wie zwei desertierte Tanks waren sie durch die Nächte gekurvt und auf frisierte Sportwagen umgestiegen, bevor sie verbrannten.

Auf einem Friedhof hatten sie einen alten Mann ausgenommen, der nicht mehr ganz da war. In einer schicken Bar warfen sie die Spende aus dem Fenster. Man betrachtete sie als durchgedrehte reiche Kinder.

Sie diskutierten mit dem Kellner die Frage, ob die Clash nun Verräter waren, weil sie Erfolg hatten.

Dann diskutierten sie, ob sie Verräter waren, weil sie in dem Restaurant waren.

»Ich besuche dich heute Nacht«, sagte sie zu ihm, als sie Richtung Morgengrauen liefen, »aber du musst wissen, dass ich in den letzten zwölf Monaten mit achtzig Männern im Bett war.«

Er kannte keinen von ihnen, verstand aber die Gefühle jedes Einzelnen.

Die Vögel fingen zu piepen an. Sie war siebzehn, betrat den Schulhof, berührte mit der Hand das A im Kreis an der Wand, mit der anderen die (wie er sich vorstellte) feuchte Stelle zwischen den Beinen. Sie entfernten sich rückwärtsgehend voneinander und winkten sich zu.

Und jetzt stand sie endlich in seinem Zimmer, mit einem Hund auf dem Arm!

Der Hund passte nicht zu ihr. Er war weiß und so groß wie eine Handtasche, die auch nicht zu ihr gepasst hätte.

Sie steckte ihren großen, kräftigen Körper nur in schwarze Sachen, und die Stiefel und die Lederbänder mit den scharfen Nieten um Hals und Handgelenke verstärkten einen gewissen militanten Eindruck. Diese Militanz wandelte sich jedoch in einen Comic, wenn man ihre außergewöhnlich großen Brüste betrachtete.

Sie war immer laut. Sie haute bei jeder Ankunft erst mal auf den Tisch und riskierte eine dicke Lippe.

Sie konnte was damit anfangen, dass es endlich wieder eine Gruppierung gab, in der Männer und Frauen die gleichen Zeichen benutzten. Einen Hund aber hatte niemand. Die Hunde kamen erst viel später dazu, als die anderen Zeichen schwächer wurden.

»Mein Baby«, sagte sie.

»Gott, wie süß«, sagte er.

Zum ersten Mal waren sie allein in einem Zimmer, und auch der Hund verfolgte aufgeregt irgendwelche Spuren.

Als Tochter eines Ärzte-Ehepaars fand sie seine alten verkrüppelten Möbel irgendwie nett. Als Sohn eines Arbeiters sah er sie nur noch als Ärztetochter mit Hündchen, die meinte, die Köpfe der Clash sollten von einer Guillotine abgeschlagen und für das Tier ausgekocht werden.

Ganz unerwartet wollte sie eine Platte mit sanfter Musik hören. Und das Licht musste ausgeschaltet werden. Und die Nietenbänder wurden abgeschnallt und knallten auf den Boden.

Er war enttäuscht, dass sie in der Dunkelheit untertauchte. Und dass sie flüsterte und sanft wie im Halbschlaf war. Und sich dann kaum bewegte.

Sie wimmerte leise – das Hündchen winselte.

»Bleib auf deinem Platz«, sagte sie beruhigend. »Er glaubt, du tust mir was, aber er tut dir nichts.«

Als sie sich den Höhepunkt endlich erarbeitet hatten, stöhnte sie laut, und der kleine Vierbeiner bellte, und dann kämpften sie darum, wer seinen Kopf zwischen ihre riesigen Brüste legen durfte.

Nur die Hunde werden gewinnen, dachte er, als er zur Geisterstunde wieder allein war.

QUELLEN

»Soll ich dir mal was sagen? Ich glaube, ich bin ganz übel verarscht worden«, sagte Margot, »aber mit mir kann man's ja machen.«

»Nicht nur mit dir, Madame, das ist die traurige Wahrheit«, konterte ich.

Margot hing wie üblich in ihrer acht-Stunden-Schicht auf der Bank und war mal wieder in der Beschwerdeabteilung tätig. Was mich mehr interessierte, war das fette Buch, das auf ihrem Schoß lag. Sah aus wie ein Bildband, und viel zu edel für so eine kleine Arbeitsmaus mit zerschrammter Leber und ohne Gewerkschaftsausweis.

»Was hast 'n da? Hast du dem Bürgermeister sein Familienalbum geklaut?«

»Das kannste mir jetzt glauben oder nicht, mir doch egal.«

Sie muckte beleidigt herum, meine Herren, trotz der vielen Schichten, die sie abgesessen hatte, war sie immer noch so sensibel wie eine Auszubildende.

Sie hatte die Bank zu ihrem Firmensitz erklärt. Der aber nicht genug abwarf, um bei einer Bank ein Konto eingerichtet zu bekommen. Wenn ich vorbeikam, überwies ich ihr eine kleine Spende, und es war mir egal, ob sie dann am Abend ihre vier Plastiktüten packte und mit einem dicken Schlitten heimfuhr. Wenn, dann hatte sie sich den Schlitten mehr verdient als jeder andere.

Sie behauptet, siebenundvierzig zu sein, und dafür, dass sie der Krise länger ins Auge schaut als alle, die jetzt das Maul so weit aufreißen, dass man ihnen zehn kleine Bankerlein reinschieben könnte, hat sie sich in einer Branche mit überdurchschnittlich hohem Berufsrisiko sehr gut gehalten.

Erzählte mir aber fast immer, dass sie gerade verarscht wurde. Als würde sie ihre Bank dann doch für eine Bank halten.

»Also erzähl schon, Margot, wer hat dich denn jetzt wieder verarscht?«

Keine Reaktion. Ich setzte mich zu ihr. Immerhin war es eine Bank, auf der man Klartext reden konnte.

»Sag mir den Namen und ich schlag ihn aus seinem verkackten Anzug. Zum Freundschaftspreis, versteht sich.«

»Dieser Typ!«, rief sie und haute mit ihren dreckigen Fäusten auf den Bildband.

Sie fing zu blättern an. Ich sah viele große Schwarzweiß-Fotos, und auf eines drückte dann ihr Zeigefinger: »Da! Das bin ich!«

Ich ging näher ran – es stimmte, sie saß in einer Kneipe am Tisch, lächelte betrunken, eine Hand an einer Bierflasche. Sie war jung, hatte so ein Hauruck in den Augen. Der Mann mit dem Kopf an ihrer Schulter war eingeschlafen, und er schien den besten Platz auf dem Planeten bekommen zu haben.

Sie blätterte weiter: »Und da und da und da!«

Die Fotos zeigten sie immer im selben Schuppen. Sah aus wie ein Treffpunkt für Barfliegen, die woanders rausgeflogen waren. Das ganze Buch war voll von ihnen.

»Tolle Fotos«, sagte ich.

»Vor zwanzig Jahren war das, und weißte, was? Der Kerl ist berühmt geworden! Steht da. Der hat uns alle geknipst und dann hat der Preise dafür bekommen. Findste das vielleicht in Ordnung?«

»Du meinst, er hat das nicht verdient?«

»Mensch, der hätte mir doch was abgeben müssen! Der hat da einen Sack voll verdient mit, und ich? Bin gearscht. Oder nicht?«

»Aber du hast ihm erlaubt, dass er die Fotos macht.«

»Hat doch keiner gedacht, Mensch, wenn ich das gewusst hätte!«

»Du klingst wie Jesus am Kreuz, Margot. Aber da ist nichts zu machen, das passiert ständig«, sagte ich.

Ein Bekannter von mir hatte Interviews mit einem Dutzend eingebuchteter Hooligans geführt und machte jetzt einen Haufen Schotter mit ihren Ausführungen. Ein holländischer Journalist hatte sich ein paar Monate unter die Penner und fast am Nullpunkt rackernden Schrotthändler auf dieser berühmten Brücke in Istanbul gemischt und dann mit seinem Bericht groß abgeräumt. Eine andere Professionelle mit einem Theaterstück über

Illegale in Deutschland, das sie auch zu einem Buch und einem Hörspiel verarbeitet hatte. Was für eine endlose Kette, mit der unendlich viele Partys gefeiert wurden.

»Trotzdem«, sagte sie und gab ihrer Bierflasche einen Kuss.

»Ich geb dir gratis einen guten Rat, Margot«, sagte ich und stand auf.

»Das Problem in eurer Branche ist, dass ihr keine Verträge macht. Denk da mal drüber nach. Und auch über die Freiheit der Kunst, die darfst du nicht unterschätzen.«

»Schätzchen, wenn ich dich nicht hätte«, sagte sie und drückte mir mitfühlend die Hand.

»Ist doch wohl Ehrensache.«

RAUCHEN

Sie raucht gern, sagt Amanda. Sie raucht gern zu Hause, aber am liebsten raucht sie, wenn sie ausgeht.

»Am liebsten gehe ich aus in meinem roten Kleid«, sagt Amanda, »denn das sieht mit einer Zigarette besonders gut aus. Da können die anderen sagen, was sie wollen.«

Wenn jemand mit ihr über das Rauchen sprechen will, dann wehrt sie das freundlich ab. Und wenn das dann zu freundlich war, dann wehrt sie es verächtlich ab. Sie lässt es nicht zu, auch nur für ein klein wenig dumm gehalten zu werden.

»Ich unterhalte mich nicht über das Rauchen«, sagt Amanda. »Und ich unterhalte mich nicht gern über Sex. Ich finde, das sind Sachen, die viel schöner sind, wenn man nicht darüber spricht.

Man kann doch über Selbstmordattentäter diskutieren. Oder den unheimlichen neunten November und die Deutschen. Oder über unten rasiert, aber welche Frisur. Das Leben geht doch nicht so lange.«

Sie mag es nicht, wenn man ihr Feuer gibt. Weil das was ist, das zum Rauchen gehört, und das sie selbst machen möchte.

Wenn sie es annimmt, dass ein Mann ihr Feuer gibt, dann gefällt ihr der Mann.

Dann macht sie eine große Ausnahme.

Dann hält sie ihre Haare dabei fest.

Der Moment, wenn sie seine Finger groß im Bild hat, könnte alles zerstören. Manche haben so eklige Finger. Und der Geruch von Benzin ist nicht immer aufregend.

Wenn jemand kein Feuer hat, gibt sie's gern. Ohne das Feuerzeug aus der Hand zu geben. Aber sie kann es nicht leiden, wenn dabei ihre Hand umklammert wird. Sie ist doch nicht blöd, sie weiß schon, wo die Flamme hin soll.

Amanda raucht auch beim Essen.

Sie ist eine Frau, die langsam isst. Sie schiebt sich fünf Gabeln in den Mund und dann zündet sie sich wieder eine Zigarette an. Sie fragt Leute, mit denen sie an einem Tisch sitzt, niemals um Erlaubnis. Sie weigert sich, in einem Lokal zu essen, in dem das Rauchen verboten ist, und sie geht niemals mit Leuten Essen, die es stört, wenn jemand beim Essen raucht.

»Meine Herren, ich sage doch auch nicht, ihre Scheißkrawatte stört mich!«

Einmal hat sie sogar dabei geraucht.

Sie war oben und nahm die Zigarette nicht aus dem Mund. Auch nicht, als sie sich dann sehr heftig bewegte. Es ging eigentlich um die Frage, wie sie dabei im Hochzeitskleid ihrer Schwester aussehen würde. Das war ziemlich spannend – aber diese Zigarette war dann doch der brennende Punkt auf diesem i.

»Ich genieße es, seit drei Monaten wieder allein zu sein«, sagt Amanda.

»Ich will einfach immer nur das tun, was ich gerade tun will«, sagt sie und lächelt mich an.

Und bläst mir ihren Rauch voll ins Gesicht.

SYSTEM

Albert ließ Birgit ins Bett, nachdem sie ihm erzählte, sie hätte bei dieser Sache noch nie ein gutes Gefühl gehabt. Bogdan hat Anna flach gelegt, weil sie ihm von ihren roten Strümpfen so viel zeigte wie ein Pfarrer, der den Tabernakel öffnet und beiseite tritt.

Christian konnte Doris nicht widerstehen, obwohl er wusste, dass sie immer noch gelegentlich mit den Jungen Patrioten Deutschlands um den Block zog.

Detlef bediente die reichlich betrunkene Clarissa nicht nur, weil er selbst ziemlich hinüber, sondern auch vollkommen verknallt war. Emil stieg umstandslos über Frauke, um ihr endlich zu dem Braten zu verhelfen, der ihre Psyche wahrscheinlich etwas in Schwung bringen würde. Friedrich wurde von Erika verführt, die schon lange wusste, dass er, was ihm nicht bewusst war, im Fall des Falles in jedem Fall für sie bereit stand.

Gustav hat es mit Henriette gemacht, die es wie er mit jedem machte, wenn die Party langsam im Sand auslief, was früher oder später natürlich immer passierte, genauer gesagt, naturgemäß.

Hugo ließ sich mit Gerda ein, die ihm erzählte, sie würde danach immer zu weinen anfangen, ohne zu wissen, warum, und er fragte sich währenddessen die ganze Zeit, ob höchstpersönlich er es wäre, der die Serie nun beendete. Ilie packte Iris, obwohl sie, eine gute Kinderstube im Rücken, betonte, sich nach Isaac noch nicht mehr als das Gesicht gewaschen zu haben.

Josef landete bei Kerstin und musste sich anhören, wenn auch mit zärtlicher Stimme vorgetragen, dass diese Art Schreibsystem aus standardisierten Sätzen schon vor dreißig Jahren kaum noch als modern bezeichnet werden konnte, und war dann eine Weile zu benommen, ehe er ihr antwortete, das wisse in einer Potter-Bully-Sportfreunde-verseuchten Welt außer ihnen beiden weit und breit niemand mehr, weshalb sie sich was darauf einbilden könne, wie auf gewisse andere Dinge, da war echt Feuer unterm Dach, obwohl sie ihm dann auch noch Snobismus vorwarf.

Kurt fickte Jasmin, die wie er zwar liiert war, aber von nichts eine Ahnung hatte, wie machten die das bloß, die Menschen, wie überlebten die denn, ein Rätsel, ein Elend, eine Plage, sie entzifferten ihren Kontoauszug und wünschten sich Sonnenschein und hofften kurz vor Weihnachten, ein paar Minuten in einer Fernsehsendung mitmachen zu dürfen, die jemand vergessen hatte, mit einer geladenen AK-47 zu besuchen.

Ludwig gab sich Margot hin (oder umgekehrt), und entgegen jeder Erwartung waren sie einfach glücklich dabei.

Michael fiel über Lisa her, weil er zu spüren glaubte,

sie hätte es nicht anders gewollt. Norbert wurde von Olga heftig geritten und schüttelte sie ab, als sie so laut wurde wie eine Propellermaschine im Moment der Starterlaubnis, was ihn a.a.O. womöglich nicht gestört hätte.

Oskar vögelte Naomi, die das Wort vögeln nicht leiden konnte, aber selbst kein besseres auf der Pfanne hatte und Pussy noch schlimmer fand, weil das nach Britpop mit deutschen Texten klingen würde, der nicht die Eier hätte wie Motörhead zu klingen. Paul schlief mit Roberta und zog sofort, einen dringenden Termin vortäuschend, weiter, landete im Kino, anschließend wieder bei ihr, weil der Film ihm das Gefühl gegeben hatte, sich Sorgen machen zu müssen, wobei ich dann auf die entscheidende Frage keine Antwort bekam, wir tippten beide, logischerweise ohne jede Zweideutigkeit, auf einen französischen. Robert hatte mit Pistoletta Geschlechtsverkehr, was weniger spannend war als die Schilderung der Schwierigkeiten, die ihre Eltern gehabt hatten, beim Standesamt mit ihrem Namen durchzukommen, an dem sie erst achtunddreißig Jahre später langsam Gefallen fand.

Samuel vergnügte sich mit Tirana auf eine Art, die für normal marode westdemokratische Verhältnisse so harmlos war wie ein Gänseblümchen, dessen Blüte vom Wind gegen den Stängel eines Löwenzahns geblasen wird, aber die ethnischen Tatsachen schlugen ihm dann wie ein Sturm ins Gesicht.

Torsten angelte sich Sandra, deren Freundinnen das

total, dagegen seine Freunde gar nicht umhaute. Uwe nagelte Veronika, was ihnen die Jugendlichen, denen sie begegneten, wenn sie vorsichtig den vereisten Judenberg hinunter tippelten, niemals zugetraut hätten.

Vernon hat Ulrike rumgekriegt oder wie die, also sagt er, nee, nicht mit der Hand, weil er das selber, ja klar, nochmal zwei, bitte, dasselbe, genau, was bleibt denn da noch, wenn du nicht mal Hartzvier, egal, finde ich jedenfalls auch.

Wladimir ergoss sich in eine keineswegs explodierende Zarah, die dann meinte, kein Mensch, kein System könnte perfekt sein, eine nur vordergründig banale Erkenntnis, die beide erst später in der Dämmerung, als sie aus dem Fenster schauten und beobachteten, wie unten auf der Straße ein Alfa Romeo, auf dem die ersten Schneeflocken des Winters landeten, mit sichtbar zunehmender Verzweiflung eingeparkt werden sollte, zu amüsieren anfing.

TANKEN

Die Nacht ist mild, es regnet leicht, und die Tropfen ziehen flimmernde Striche im Licht der Straßenlampen. Es ist eine dieser Nächte, in denen ich am Fenster stehe und, wenn mich jemand ansprechen würde, nicht wüsste, wie lange ich schon so dastehe und das Muster beobachte, das die Tropfen ins Licht zeichnen.

Das ist ein gefährlicher Zustand. Zum Glück bin ich keiner von den Männern, die sich in diesem Zustand irgendwann fragen, ob ein Regentropfen Schmerz empfindet, wenn er auf den Boden prallt. Ich frage mich nur, wann mich der Schlaf überwältigen wird. Und mit welchen Mitteln ich ihm noch eine Weile entkommen kann.

Eigentlich aber frage ich mich nur, ob mich der Schlaf auch wieder entlassen wird. Keiner, der die Augen schließt, weiß die Antwort. Ich beneide die Menschen, die nicht mal um die Frage wissen.

Auch ich werde von vielen meiner Bekannten beneidet. Nicht, weil mein Tag länger ist als ihrer, sondern weil mein Weg zur nächsten Tankstelle viel kürzer ist. Nur dreihundert Meter die Straße runter kann ich auch noch in der Stunde vor Sonnenaufgang Brot, Blumen und Batterien kaufen. In tiefster Nacht interessiert mich kein Brot, aber frische Batterien und Blumen werden gelegentlich gefordert.

Die kühle Luft belebt mich, die Regentropfen auf meinem Gesicht tun mir gut. Kein Mensch ist auf der Straße, kein Auto fährt … die Stille ist mein Freund … die Dunkelheit meine Freundin … ein Lied singe ich ihnen im Takt meiner klackenden Schuhe … as poets sell their diaries and beg for the chance to speak, they'd give up all their innocence for just one hour of sleep …

Bei Nacht sieht die Tankstelle aus der Entfernung aus wie eine Raumstation. Die einzige Station der Galaxie, die mein Raumgleiter mit dem letzten Tropfen Treibstoff erreichen kann. Der Empfang ist kühl, der silberne Blumenstrauß aus geschliffenem Glas nur Fassade.

Es ist verdächtig ruhig in den Bereichen neben den Tankanlagen, in denen sonst, in den Stunden, in denen kein Nachtbus mehr fährt, immer die Besatzungen von anderen Raumschiffen lagern. Manche warten seit Jahren darauf, dass sie ihre kaputten Triebwerke repariert zurückbekommen. Andere sind zu jung, um hier an neuen Treibstoff zu kommen, und manchmal, wenn ich den Lichtschein betrete, bitten sie mich, ihnen das Nötigste mitzubringen.

Aber jetzt ist niemand da – nur ein Mann sitzt auf der niedrigen Mauer, die die Tankstelle von der Straße trennt. Man trifft sie nur noch selten, die Ein-Mann-Segler. Um seine Schuhe hat er einen Halbkreis mit zigarettenschachtelgroßen Flaschen aufgebaut. Ich bin schon fast an ihm vorbei, als er zu mir sagt:

»Hey, hey, wie geht's denn immer?«

Ich mache einen Schritt zurück, bis ich sein Gesicht erkennen kann. Dann einen sehr großen Sprung zurück durch Raum und Zeit ... Sein freundliches Gesicht begrüßt mich am ersten Arbeitstag und sagt, ich solle mir nichts denken, es sei keine so große Sache, wie es den Anschein hätte.

Ich habe noch nie bei einer Zeitung gearbeitet, habe keine Ahnung, aber das würde schon werden, darum werde er sich kümmern. Er ist der Sportreporter und jederzeit für alles zuständig, wenn Not am Mann ist. Zuerst soll ich sofort zur Polizeistation fliegen und mir aus dem Ordner mit den neuen Verbrechen die wichtigen aufschreiben. Die wissen Bescheid, dass ein Neuer kommt. Die Polizisten lachen, als sie sehen, dass ich der Neue bin. Weil sie mich mit einigen Freunden ein paar Nächte zuvor von der Straße geholt haben. Sie lachen sich kaputt. Weil ich mit Steinen das Haus des Chefredakteurs dieser Zeitung angegriffen habe, für die ich jetzt arbeite. Weil der irgendeinen Unsinn geschrieben hatte. »Was würde er sagen, wenn er wüsste, dass Sie das waren«, geben die lachenden Polizisten zu bedenken. Sie lassen mich eine Minute mit dieser Vorstellung hängen, bieten mir dann einen Schreibtisch an und eine Tasse Kaffee und geben mir den Ordner mit den neuen Fällen. Es ist ruhig in unserer kleinen Milchstraße, aus einem unversperrt im Freien stehenden Stall wurden drei Hasen entführt. Ich bin selbständiges Arbeiten gewohnt, ich frage nach einem Foto der drei Hasen, aber sie hatte keines aufgetrieben. Ich sehe mich noch nicht in der Position, die Polizei zu mehr Sorgfalt zu ermahnen. Ich fliege ins Pressezentrum zurück.

Der Sportreporter hämmert in seine Schreibmaschine, er telefoniert, schreibt auf seinen Block, wirft das Blatt der bildhübschen Sekretärin in den Schoß, wirft einen Blick auf meine Notizen, wählt sofort vier Fälle aus, über die ich berichten soll, nur ganz kurz, lacht über die drei Hasen, streicht sie durch, zündet sich eine Zigarette an, hämmert wieder Buchstaben, nimmt einen Anruf entgegen, während er, Zigarette im Mund, mit der Sekretärin flirtet, wird ins Büro des Chefredakteurs kommandiert, kommt raus, zischt Idiot, hämmert in seine Maschine, wird ins Büro des Verlagsbesitzers kommandiert, kommt raus, zischt Idiot, telefoniert, brüllt, hämmert, bekommt einen Kuss auf die Wange, schnappt sich meine Blätter mit den bildhübschen Verbrechensmeldungen, sagt okay, hämmert sie in seine Maschine, reißt das Papier raus, eilt damit hinaus, plötzlich Totenstille um mich herum, ich bin allein, soll ich hier bleiben, soll ich gehen?

»Endlich Ruhe«, sagt der Sportreporter. »Wenn du wissen willst, wo du bist, dann komm mit.«

Er führt mich ins leere Büro des Zeitungsbesitzers, schließt die Tür hinter uns, und nun kann ich durch den einseitig durchsichtigen Spiegel in unser Büro sehen.

»Also immer Vorsicht«, sagt der Sportreporter, »vergiss das nie.«

»Das war der beste Rat, den ich je bekommen habe«, sage ich zu ihm.

»Kannst machen, was du willst«, sagt er.

»Was ist denn los, warum sitzt du hier?«

»Nicht schlecht, kein Problem.«

»Kann ich dir was mitbringen?«

»Sicher, keine große Geschichte.«

Ich ziehe Schuhe und Mantel an und mache mich auf den Weg, um dessen Kürze mich viele beneiden. Aus der Entfernung sieht die Tankstelle bei Nacht aus wie eine Raumstation … gelbe, blaue, rote Lichter zeigen mir, dass ich endlich Landeerlaubnis habe. Ich nehme eine Flasche und bezahle sie. Ich fliege raus und sehe, es ist niemand da. Ich gehe die Straße runter … die Stille ist mein Freund … die Dunkelheit meine Freundin … ich beobachte das Muster, das der Regen ins Licht zeichnet … entschließe mich endlich, zur Tankstelle zu gehen.

Es ist nicht weit.

UNTERWEGS

Wer jetzt ganz oben ist, wenn man so will, sportlich gesehen, was natürlich eigentlich auch wieder nicht geht, der Fritzl mit seinem Kellerwahnsinn – also nein, also bitte, der Adolf zählt natürlich nicht, weil er war letztlich, das soll keine Entschuldigung sein, schon ein Politiker, also nicht wirklich wahnsinnig, das wäre ja nur eine Entschuldigung, falls du weißt, was ich meine – oder der Unterweger, das ist sehr schwer zu konstatieren. Der Jack saß ja einmal in der Wiener Reiss Bar mit dem Haider, Inhalt unbekannt, ein Gespräch über das Schweigen der Lämmer wäre denkbar, von der Zeit her, mehrmals hat er ihn sich angeschaut, und selber auch ausgeschaut wie der Dandy Doktor Lecter, weißer Anzug, Stöckchen, auch vor dem Richter dann, dumm war der Jack nicht, aber schon mehr dezent beim Gericht, bedeckt sagt man, mit seinen nachgewiesenen neun erdrosselten Huren.

Gut, außer Landes mag er es nicht sein, ganz weit oben ist der Fritzl'sche Kellerwahnsinn aber schon auch, keine Frage.

Dieses hin und her hat der Keller halt nicht, dieses irrsinnig mobile, örtlich gesehen und vom Leben an sich her, also das Internationale, der Mörder als Weltenbummler quasi, als Dichter, der auch was gesehen hat. Und was drittens sozusagen untoppbar dazu kommt, ist dann diese irrsinnige Position, dass der Mörder mordet und zugleich also selber über dieses Morden schreibt, wenn auch da noch nicht als Täter identifiziert, aber nicht im Kinderfunk – das wäre auch noch was – wie seine Geschichten vom Traummännlein, vorher aus dem Gefängnis heraus, mit seiner grausigen Kindheit, mit dem Großvater, und die Mutter noch mehr.

Das weiß doch letztlich keiner, warum der eine mit seinem Hass auf Frauen vielleicht, sagen wir Papst, und der andere dieses.

Das war das erste Lebenslänglich, als junger Kerl, für dieses Mädchen, das war kein sachlicher Mord, sondern ein großes Kunstwerk, der Herr Lecter würde das so ausdrücken, meine Herren, dann musst du dir den Film eben nochmal anschauen. Jedenfalls, verschiedene andere Gewalttaten waren da nicht hinzugerechnet worden, und dann doch begnadigt.

Letztlich, weil der Unterweger zu schreiben begonnen hatte, als er eingekastelt war.

Sein Leben und der Bau, die Gefühle, und sogar eine Zeitschrift hat er aus Stein heraus, Stein bei Krems, oder bei Göttweig, das kennt man eher, das Kloster, Moment, Stift heißt es, das Benediktinerkloster Stift Göttweig, wo der Name der Rose spielt, ja, zwei Bier, bitte, was ich von meinem Vater her schon als Kind kannte übrigens, weil er von da gekommen ist, als er achtunddreißig hierher, und bei unserem Toni-Onkel, sein älterer Bruder, wenn du morgens in den Hof bist, um dich mit der Schüssel zu waschen, hast du vor dir das Stift auf dem Berg gesehen, schon sehr imposant, die Kirche, hör mir bloß damit auf, aber wer hätte das gedacht damals, dass der Qualtinger mit dem Connery, also, das war es, was ich in der Hauptsache erzählen wollte, dass der Jack in seiner Zeitschrift Wortbrücke doch tatsächlich eine Geschichte von mir gebracht hat. In zwei Folgen. Schaut natürlich grauenhaft aus, Maschinenschrift bis an den äußersten Rand hin gepresst. Wer hätte das denn ahnen können, dass der dann, und jetzt im Internet, jetzt kommt's, seh ich das Angebot, so ein Schreiben von ihm von damals, praktisch offiziell als Herausgeber von diesem Blatt, in seiner eigenen Handschrift, so eine Füllerhandschrift, ein Blatt Papier, für sechstausendneunhundert, weil ein Serienkiller natürlich. Was ist jetzt mit dem Blatt, das in meinem Besitz ist, fünf handschriftliche Sätze mit Signatur, sagen wir einen Schein, das frage ich dich.

Ich möchte nicht wissen, wie viele jetzt so denken, ich möchte es nicht wissen.

Nach fünfzehn Jahren haben sie den Jack, meinen frühen Förderer, so schaut das doch aus, wenn wir ehrlich sind, dann doch begnadigt, weil jetzt die österreichischen Intellektuellen wieder gesagt haben, über Jahre ist das gegangen und mit richtig Einsatz und Verbindungen, der

Mann Unterweger, der hat jetzt Bücher geschrieben und anderweitig veröffentlicht, der ist resozialisiert, warum denn auch nicht. Der Rummel draußen war dann aber doch für ihn zu klein, das kam noch zu seinem von ärztlicher Seite attestierten malignen Narzissmus dazu, wenn man mich fragt, trotz der Verfilmung von seinem Fegefeuer-Buch, die ihm natürlich auch wieder nicht gepasst hat, weil als Held hatte er da rauskommen wollen, der Mann, der sich vom hinterletzten Prekariatskindl zum gefeierten Schriftsteller, und nicht so, dass es einem grausen kann. Logisch, dass er ein richtiger Promi sein wollte, nicht nur ein Wiener Promi mit so einer Knastgeschichte, eigentlich doch immer nur die Knastgeschichte mit diesem Mädchen, da eine Talkshow, da ein Interview, da ein Foto mit dem Schäferhund, aber immer halb Monster.

Kann einem Schriftsteller nicht gefallen, soviel kann ich dir sagen.

Und kein Jahr ist er weg vom Steiner Gefängnis: aus! Los geht's wieder! Und immer billige Huren, wegen dem Standplatz und weil da keiner aufpasst, und immer mit der Unterwäsche und genau dem Knoten von damals. Während er selber privat, Frauen und Mörder, sogar Serienmörder und wissentlich, körbeweise Briefe ins Gefängnis, als würde da was anderes passieren, wenn sie dem einen blasen, der totale Wahnsinn, das musst du dir mal genauer ansehen, da fällt dir überhaupt nichts mehr ein, Frauen mit Kindern, da wundert einen doch gar nichts mehr. Dann haben sie die Serie entdeckt, also dass es eine Serie ist, und er selber macht die Reportage darüber für den Radio, setzt sich mit dem Tonband zum Fahnder ins Büro, bist du blöd, und dann war er so viel unterwegs wie es sogar später die Profilerprofis, genau, FBI, nicht gekannt haben, also das Gegenteil vom Amstettener Keller, neben Wien Graz, Prag und in Los Angeles in Cowboyklamotten, weil der Vater amerikanischer Soldat, kannte er aber nicht, drei waren es in Los Angeles, und er wieder direkt an der Polizei, im Streifenwagen mitgefahren, Journalistenausweis und ab geht die Luzie, ein Milieubericht von Jack Unterweger für die Tirolerin, aber hallo, die Tirolerin ist die Vogue für die Tirolerin.

Aber die zahlen meistens sogar besser als die renommierten Blätter, darf man auch nicht vergessen.

Und die Wiener Fahnder immer noch am Herumschwimmen, aber wegen der Vorgeschichte schauten sie sich den Herrn Unterweger dann doch einmal genauer an, er konnte dann das erste Alibi nicht bringen, und so ging's dann weiter, ein Indizienprozess, was gleichbedeutend ist mit: keine Zeugen, kein Geständnis, aber erdrückende Beweise sagt man, Desoxyribonukleinsäure, die Doppelhelix, und schon auch kritische Stimmen, ob die Beweise reichen.

In der Nacht nach dem Schuldspruch hat der Unterweger sich mit seinen vierundvierzig Jahren aufgehängt. Andere Theorie, er wollte nicht zum ersten Mal einen

Selbstmord vortäuschen, ist aber misslungen. Andere Theorie, er wollte einen auf wahnsinnig machen und dann den Bestseller, ich weiß nicht. Er hatte angekündigt, in Berufung gehen zu wollen, deshalb, rein rechtlich gesehen, ist er unschuldig gestorben. Und wenn dir das jetzt immer noch nicht reicht, auf seiner Brust stand tätowiert, was denn sonst, make love not war, da fällt dir jetzt nichts mehr ein, siehst. Das ist schon was anderes als dein blöder Fritzl mit seinem Keller.

VERSCHLOSSEN

Man kann hier schon klarkommen«, sagt der Sven, »dann ist das hier nicht so schlecht.«

Er hat einen Fernseher, er kann Sport machen oder in der Kirche ein Gebet abschicken. Natürlich nicht, wann immer er will. Wer kann das schon.

Vorhin war der Sven in einem schönen Konzert und jetzt scheint die Sonne in sein Zimmer. Und eine Kamera hält ihn fest. Der Sven kommt dahin, wo viele auch hinkommen wollen. Die würden vielleicht was anstellen, damit sie auch dahin kommen. Der Sven kommt ins Fernsehen.

Der Sven ist 37 und scheint ein angenehmer Mann zu sein. Er kann hier klarkommen – oder sich den Kopf an der Wand einschlagen. Elf Jahre hat er geschafft. Wie viel er damit geschafft hat, ist nicht klar. Weil dann die Sicherungsverwahrung kommt. Wegen Totschlag und Raubmord. Wir fragen nicht, ob genau das für die Sicherungsverwahrung schon ausgereicht hat. Oder ob da noch was war, weswegen man selber auf den Gedanken kommen könnte, dass so einer besser nicht mehr rauskommt.

Aber beim Sven in der Zelle wird mir sofort übel und

ich möchte heulen. Weil man damit doch nicht klarkommen kann. Weil man das sieht. Kommt einem so vor, wenn man nicht damit klarkommen muss.

Später werde ich aus einer Statistik erfahren, dass der Sven einer von 448 ist, die mit Sicherungsverwahrung in einem deutschen Gefängnis sitzen.

Der Sven soll sagen, wie es war, das Konzert, das eigentlich ein Theaterstück ist, in dem sie spielen, dass sie ein Konzert im Knast geben.

»Das Konzert war gut«, sagt der Sven, »wir sind ja der letzte Dreck, dann tut es gut, wenn von draußen was kommt für uns, wenn jemand was macht von draußen, und die kommen rein, und weil das im Knast ist, also das Theater, dann spricht das die Leute auch an, die im Knast sind, das verstehen die.«

Für den Fernseher soll der Sven nochmal sagen, dass es gut ist, wenn von draußen was für drinnen kommt; etwas knapper und mehr auf dem Punkt soll er es formulieren, sagt die Redakteurin. Aber der Sven hat den Punkt schon vergessen und kann das nicht wiederholen.

Der Wärter steht streng neben dem Sven. Streng, aber freundlich. Wärter ist eigentlich eine Beleidigung, hat der Wärter zu uns gesagt, als wir ihn Wärter genannt haben, das heißt Justizvollzugsbeamter. Zugleich ist der Wärter auch ein Kumpel vom Sven. Weil er mit ihm klarkommen will und der Sven mit ihm auch. Er hat ihn für das Fernsehen ausgewählt.

»Da kommen schließlich noch ein paar Jahre drauf«, sagt der Beamte, »da versuchen wir natürlich das Beste draus zu machen.«

Beim Konzert hatte ich den Sven nicht gesehen, weil er im Knastblock saß. Während ich in dem Block saß, der für Gäste, Journalisten und Beamte, die einen freien Tag hatten, und deren Familien reserviert war.

»Ihr wisst ja«, sagte ein Schauspieler, »die Ehe ist die einzige Haftanstalt, in der du bei schlechter Führung vorzeitig entlassen wirst!«

Da brüllte der Knastblock begeistert, aber unser Block nicht. Auch ein Lied über die Macht der Drogen wurde nur im Knastblock heftig bejubelt, und in den Schlussapplaus mischte sich von ihrer Seite viel Geschrei. Das waren die Unterschiede zwischen den Blocks. Abgesehen von den Frauen in unserem Block. Ich wunderte mich, dass die Redakteurin mit den hübschen Beinen ein kurzes und, bei guten Lichtverhältnissen, durchsichtiges Kleid an hatte. Ich wollte sie fragen, wie sie sich dabei fühlte, aber ich traute mich nicht.

Das Team eines anderen Fernsehsenders bestand nur aus Männern, die robust gekleidet waren. Bevor das Stück anfing, machten sie Bilder vom Gefangenenblock. Sie baten die Männer in der ersten Reihe, mal heftig mit den Füßen zu trampeln. Das ginge doch sicher noch eine Nummer härter, sagte der Teamchef nach dem ersten Versuch.

Alles eine Frage des Schnitts. »Sven, sagen Sie doch

mal zu ihrem Kumpel, der Wachtel, dass Sie ihn gleich zusammenschlagen werden, nur eine Mikrofonprobe.«

Als das Stück zu Ende war, musste unser Block sitzen bleiben, bis der Knastblock geschlossen abmarschiert war. Und da wusste ich, dass ich schon im richtigen Block gesessen hatte.

Dann war die Sporthalle leer. Nur Beamte, Fernsehleute, Schauspieler und Musiker waren noch da. Ich machte mich auf die Suche nach einem Kaffee; vor der Vorstellung hatte es für die Theater- und Medienleute Kaffee und Schnittchen gegeben, die von Häftlingen angerichtet worden waren. Ein Liter Schnaps wäre mir lieber gewesen.

Ein Beamter – hellblaues Hemd, schwarze Hose – half mir bei der Suche, und dann standen wir zu zweit in der Küche ... Er war einsneunzig groß, trug eine elegante Brille mit dünner Metallfassung und war überaus höflich.

Wie das heute so war, fragte ich ihn.

»Gut«, sagte er, »der Pastor hat uns vorbereitet, wir haben viele Lieder von Johnny Cash gehört und er hat uns aus seinem Leben erzählt, sehr interessant, aber wir waren nur paar Leute in der Gruppe. Bis letzte Woche sah es so aus, als würde die Sache nicht mal stattfinden, weil sich nur ein paar Leute angemeldet hatten. Das ging natürlich nicht, wenn das Stadttheater schon mal reinkommt, das wurde dann geregelt.«

Scheiße, dachte ich, du stehst allein in der Sporthallenküche mit einem Knacki, den sie herumlaufen lassen wie einen Cop. Vielleicht ist er einer von den Psychopathen, denen keiner anmerkt, dass sie im nächsten Moment zuschlagen, er hat sich verkleidet und wird mich als Passierschein benutzen.

Er war der Assistent des Pastors und hatte nur noch drei Jahre, und zwei hinter sich wegen einer Betrugssache mit viel Geld.

»Ich halte mich fern von allen«, sagte er, »von den Türken, den Russen, von allen Gangs. Die Gangs sind zum Kotzen. Und normal geht hier keiner raus, das stellt man sich nur immer so vor. Und die Beamten, das vergisst man, die haben doch selber mehrfach lebenslänglich, auch wenn die nach der Schicht rausgehen. Das schafft keiner ohne Schaden, die sind doch alle fertig, wenn Sie mich fragen.«

Ich nahm Handy und Geldbeutel in Empfang und fuhr im Theaterbus in die Innenstadt zurück. Der Regisseur und die Truppe waren bester Stimmung, sie hatten eine schwierige Hürde genommen.

»Konnte man sich vorher ja nicht sicher sein.«

»Mit einer Vorstellung im Haus kannst du das nicht vergleichen, das ging hier echt um was.«

Am Abend lag ich dumpf in meinem Hotelzimmer. Drei Stockwerke unter mir war Bochums größte Partymeile.

Mit den letzten Sonnenstrahlen hatte ich mich in den Biergarten gesetzt; als immer mehr Leute kamen, konnte ich es nicht ertragen. Es wurde bis spät in die Nacht heftig gefeiert. Schon bei der Vorstellung, da hinunterzugehen und nach Ablenkung zu suchen und klarzukommen, wurde mir schlecht.

Für den Sven war es wahrscheinlich ein schöner Tag.

WAHNSINNIG

Die Katze und ich sonnten uns und hörten Kofferradio. Die Worte, die aus dem Apparat kamen, plätscherten an meinem Kopf vorbei über den Heuhaufen, auf dem die Katze döste, und verliefen sich dann im Wald, ohne Schaden angerichtet zu haben.

Eine friedliche Sache, kein Mensch weit und breit.

Bis ein Satz meine Gehirnzellen attackierte: »Diese neue Krankheit ist bisher kaum erforscht«, sagte der Kofferradiosprecher.

Eine neue Krankheit?! Ich war sofort aufmerksam. Vielleicht hatte ich was und wusste es nicht!

»Wir sprechen von einer Krankheit, für die es erst seit einigen Jahren einen Begriff gibt: Body Integrity Identity Disorder.«

»Man wird schon krank, wenn man's nur hört«, sagte ich und warf mit einem Stück Wurst nach der Katze, um ihre Sinne zu schärfen.

Sie hatte eine gestörte Informationsidentität, weil sie auf dem einsamen Bauernhof aufgewachsen war, der fünfzig Meter von meiner Hütte entfernt lag. Was einsam heißt? Die Katze wurde Ernst gerufen, obwohl sie kein Kater war. Und es hatte zwei Wochen gedauert, bis die

Neugier siegte und sie über den Bach kam und sich in meine Nähe wagte. Und dann nochmal eine Woche, bis sie nicht mehr abzischte, wenn ich nur den Zeigefinger krümmte.

Dann blieb sie neben mir sitzen.

Dann haute sie ihren Kopf gegen mein Bein.

Und dann sprang sie auf den Tisch, um sich das Viereck anzusehen, in das ich dauernd hineinstarrte.

Das war ein großer Moment, und ich sagte: »Ernst, jetzt sind wir aber wirklich echte Freunde.«

Und zur Feier des Tages versprach ich, auch einmal in meinem Leben etwas über eine Katze zu schreiben.

»Aber nur einmal, das muss reichen!«

Ich war nicht der Typ, der Umgang mit einer Katze haben wollte, damit er was zu schreiben hatte; oder zu ihr sprach und sich ihre Antworten vorstellte, damit er was zu schreiben hatte, und sogar irgendwas Lustiges. Ich war mit Tieren aufgewachsen. Es war keine unglaubliche Entdeckung, dass der Ernst es mochte, wenn ich vor mich hin redete.

»Schlaf nicht dauernd, wenn wir Radio hören«, sagte ich, »pass lieber auf. Körper, Integrität, Identität, Störung. Das klingt, als würde es nicht nur alle Menschen betreffen, sondern auch Katzen, die viele Autoren für besonders schlau halten, was etwa so schlau ist wie die Ansicht, Autoren wären besonders schlaue Menschen.«

Der Mann im Radio erzählte von einem Mann, der sich seine beiden gesunden Beine hatte amputieren lassen, weil er lieber keine haben wollte, und dann erzählte ein Arzt von dem Mann ohne Beine, dass er schon als Mann mit Beinen seit Jahren immer wieder in einem Rollstuhl herumgefahren war und so getan hatte, als könnte er seine Beine nicht benutzen, und dass er so glücklich gewesen sei, wenn er die vielen Blicke voller Mitgefühl auf sich gerichtet gesehen hätte. Aber dann hätte er wieder ganz geknickt mit seinen Beinen herumgehen müssen. Bis er schließlich den Mut fand, zu seiner Krankheit zu stehen.

»Davon mal abgesehen, dass man's irgendwie nachvollziehen kann, heißt das«, sagte ich, »der Mann war krank, als er zwei gesunde Beine hatte, und jetzt ist er gesund, weil seine blöden Beine ab sind. Das nennt man Logik. Aber ich glaube nicht, dass du eine Ahnung davon hast oder jemals haben kannst. Was ich glaube ist, dass das die verdammteste Wohlstandskrankheit ist, von der man seit Long John Silver gehört hat. Diese Helden haben einen ziemlich schweren Hammer, die erinnern mich an den psychopathischen Killer, der von seinem Opfer hören will, dass es ihn liebt, ehe er es aufschlitzt. Was aber nicht heißt, dass es nicht schwerere Hämmer gibt, die gesellschaftlich akzeptiert oder sogar respektiert sind, und wahrscheinlich behaupten sie, dass ein Mann, der mit einer Katze redet, einen genauso schweren Hammer hat, aber ein echter Hammer wäre es nur dann, wenn ich dir damit den Schädel einschlagen würde, weil du mir nie eine Antwort gibst, verstehst du?«

Es sah so aus, als würde der Ernst beeindruckt nicken, aber ich hätte nicht mehr als einen Cent drauf gewettet.

Der Radiosprecher deckte uns nun mit Fachausdrücken ein. Früher war der Mann, der zu viele Beine hatte, ein so genannter *Wannabe*, weil er behindert sein wollte, und zugleich ein *Pretender*, weil er manchmal mit dem Rollstuhl eine Behinderung vortäuschte, aber er gehörte nicht zu den *Devotees*, weil ihn Behinderte sexuell nicht interessierten.

»Wäre also möglich«, erklärte ich der Katze, »dass ein Mann sich den Arm abhackt, weil er in eine Frau verliebt ist, die nur von Behinderten angeturnt wird, und bei der er mit seinem intakten Körper nicht landen kann. Die Frage ist nun: würde es reichen, wenn er sich nur einen kleinen Finger kürzer macht? Mit der daraus sich ergebenden nächsten Frage will ich eine Katze, die einen Männernamen hat, nicht belästigen.«

Man musste kein Katzenliebhaber sein, um zu erkennen, dass der Ernst ganz scharf mitdachte. Deshalb glaubte ich, noch weiter ins Detail gehen zu können.

»Natürlich ist das ganze Thema total verwirrend, wenn man nicht so genau darüber nachdenkt, dass man sich selbst schon betroffen fühlt. Für mich dagegen ist dieses Krankheitsgenre übrigens nicht neu, ich habe mich schon vor einem Vierteljahrhundert zum ersten Mal damit beschäftigt. Dir kann ich es sagen, weil wir echte Freunde sind, damals bin ich mit einer verteufelt toll aussehenden Straßenhure mitgegangen. Die Dame hatte nur einen Haken, sie hatte nur ein Bein. Es gehört wohl nicht viel dazu, sich meine Gefühle vorzustellen. In einem Minirock, der kürzer war als dein Schwanz, stand sie da an der Potsdamer Straße/Ecke Weißnichtmehr und präsentierte ihr verführerisches Bein zwischen zwei Krücken. Sie sprach mich an, und schon war's um mich geschehen. Als wir nicht in, sondern auf ihrem Zimmer waren, wollte sie sich sofort die Prothese an den Stumpf schnallen. Ich sagte, das müsste sie nicht tun. »Ach, nein?«, sagte sie verblüfft und erzählte, die meisten ihrer Kunden würden genau da drauf stehen. So was hatte ich noch nie gehört, und so was hatte ich nicht nötig. Ich hatte ganz andere Sachen nötig, das kann ich dir flüstern. Sicher, es ist eine schlimme Sache wenn jemand, der kein Soldat ist, sondern nur ein Idiot, der eine verdammte Dauerkrankenschwester ganz für sich haben will, eine Behinderung vortäuscht, aber auch die weit verbreitete geistige Variante ist nicht besser. Warum gibt es zu dieser Problemzone keinen runden Tisch? Dreimal darfst du raten. Allein schon ich persönlich kenne mindestens zwei Leute, die immer viel gescheiter tun als sie sind. Sie täuschen vor, etwas zu haben, das sie nicht haben, kannst du dir das vorstellen? Gibt's das bei euch auch, wo ihr doch angeblich so schlau seid?«

Dann war der Kofferradiobeitrag zu Ende und die Beatles kamen mit *All You Need Is Love*, und ich wies die Katze darauf hin, dass das kein Zufall war.

Dann sagte der Sprecher, dass jetzt das nächste Thema käme und er einen ganz besonderen Studiogast begrüßen dürfe: »Er ist nicht nur Tierpräparator, er ist der neue Europameister der Tierpräparatoren!«

Die Katze erhob sich.

»Sag jetzt nichts«, fauchte ich, »lass mich einfach in Ruhe, sonst werde ich wahnsinnig. Sonst fange ich auch damit an. Und du bist mein erster Trainingspartner. Glaub ja nicht, dass es in der Nähe von Dachau viel Protest geben wird wegen einer Katze, die Ernst heißt!«

Die Katze drehte sich um.

»Und vorher hacke ich mir eine Hand ab!«

Die Katze stolzierte davon.

»Wir sind Freunde, aber ich erwarte etwas mehr Scheißrespekt, Madame!«, rief ich ihr nach. »Denn der zu dir spricht, ist der nächste Europameister der einhändigen Tierpräparatoren!«

X-BEINE

Kurt blieb ruhig. Auch wenn sie ihn beschimpften, verlachten, über den Tisch zogen oder im Regen stehen ließen – der Mann war immer die Ruhe selbst. Ich kannte niemanden, der einer Schlägerei so lange aus dem Weg gehen konnte. Obwohl er in den meisten Fällen nicht viel riskiert hätte. Aber die Angst, jemanden zu verletzen, war größer als die Angst, schwach zu erscheinen.

Dabei war er kein Weichling. Ich sah ihn in den zwanzig Jahren, die wir uns kannten, niemals aufgeben oder durchdrehen, egal, ob der letzte Flug aus einem Krisengebiet abgesagt wurde, oder er mit einer Frau von der Härte eines Stahlhelms konfrontiert war, oder er einen Psychopathen kurz vor dem Durchknallen ein paar Minuten hinhalten musste. Als wir bei seiner bewusstlosen Mutter im Krankenhaus saßen und an den abnehmenden Systolen auf der Digitalanzeige den unaufhaltsam näher kommenden Tod ablesen konnten, versank er in einer furchtbaren Traurigkeit, aber geweint hat er nicht.

Und jetzt saß er in dieser ekelhaften Bar neben mir und heulte, wie einer nur heulen kann. Und die Tränen hatten wohl schon den größten Teil seines Gehirns rausgespült und das Sprachzentrum angegriffen. Das war mir bei unserem Telefonat am Nachmittag noch nicht klar gewesen, dass es sich um einen Totalschaden handelte.

In den fünf Wochen, die wir uns nicht gesehen hatten, hatte ich offensichtlich meinen besten Freund verloren. Denn der Kurt, der da heulend saß und kein klares Wort rausbrachte und nicht bemerkte, dass ihm sein verdrecktes Hemd aus der Hose hing, deren Schlitz offenstand, war nicht mein Kurt. Das war nur noch eine Hülle, die ihn gefangen hielt.

Sie hieß Nadine, und sie hatte in diesem Sommer nur einen Monat gebraucht, um ihn auf den Kopf zu stellen und den Schlüssel zu seinem Gehirn wegzuwerfen. Ich hatte sie nie gesehen, aber es gab keinen Zweifel: wenn Nadine das schaffte, dann war Nadine der Wahnsinn.

Und dann war die Frau seines Lebens abgehauen und hatte sein Leben mitgenommen. Bis auf den Rest. Mit dem ich nun irgendwas anzufangen versuchte.

Wir saßen in der Bar Caprice und ich beschimpfte ihn, weil er sich seit einer Woche verzweifelt auf der Erde wälzte und mich bei der Suche nach ihr nicht um Hilfe gebeten hatte.

»Warum hast ’n du so lang gewartet, Mensch! Wenn du dir ins Bein schießt, holste die Kugel doch auch nicht selber mit ’m Messer raus, du verdammter Idiot.«

Erst an diesem Nachmittag hatte mich dieser Tränensack angerufen und um Hilfe angefleht. Mit den letzten Spurenelementen von Intelligenz hatte er sich daran erinnert, dass so was mein Job war, und dass ich für solche Fälle eine Verbindung zum größten Computer der Stadt hatte. Meine Vereinbarung mit dieser Verbindung besagte jedoch, dass ich sie nur im absoluten Notfall zu aktivieren berechtigt war. Irgendeine getürmte Nadine von einem Kumpel war natürlich kein Notfall. Jedenfalls nicht für meine Verbindung. Die meistens sauer auf mich war, weil ich nicht so auf sie stand wie Kurt auf Nadine.

Die Hitze war schuld, dass ich so dumm war, die Sache vor ihr wahrheitsgetreu auszubreiten. Die Hitze machte mich fertig. Der Blick auf den Gehweg vor meinem Bürofenster machte mich fertig. Direkt vor meinen Augen ging ein nacktes Paar Beine nach dem anderen vorbei, die kürzesten Röcke gingen so nah an mir vorbei, dass ihre Trägerinnen den Luftzug auf der Haut gespürt hätten, wenn ich aus dem Fenster gepustet hätte. Wie sie oberhalb ihrer Beine aussahen, konnte ich nicht erkennen. Wahrscheinlich war es das, was meinen Verstand umlegte und mich meiner, wie meist unwilligen, Verbindung erklären ließ, dass es sich um einen privaten Notfall handelte, um einen extremen Fall von verzweifelter Liebe, und das regte sie natürlich auf, und sie weigerte sich, wegen »so einem dämlichen Scheiß« etwas Illegales zu tun.

»Du glaubst doch nicht im Ernst, dass ich für diesen Quatsch meinen Job riskiere.«

»Essen mit Kerzenlicht plus besseres Hotelzimmer«, sagte ich.

»Wann, wenn ich tot bin?«, keifte sie.

»Heute Nacht.«

»Und meinen Mann soll ich mitbringen, ja?«

»Wann immer du willst.«

»Ich hab meine Tage.«

Meine Geduld war am Ende, und ich sah keine andere Möglichkeit mehr, als sie an eine Sache zu erinnern, gegen die sie machtlos war: »Ich sag's ungern, aber du schuldest mir was.«

»Na, toll, du Arschloch, das hätte ich mir denken können, dass du diese miese Tour fährst. Also gut. Aber dann schuldest du mir was, und nicht zu knapp, das kann ich dir flüstern.«

»Ich weiß«, sagte ich, und gab ihr Nadines Beschreibung. Größe etwa 175 cm, etwa 70 Kilo, gefärbte weiße Haare bis zur Ritze, wenig Busen, zwei Tätowierungen, indianisches Ringmuster um den linken Oberarm, rote Rose vorn am Bikinistreifen.

»Noch was, hätte ich fast vergessen, sie hat X-Beine.«

»Heiße Sache«, urteilte meine Verbindung, »aber jetzt sag mir endlich mal was Nettes.«

Doch ich musste ihr gestehen, dass wir nichts hatten, kein Geburtsdatum, keinen Nachnamen, keine Vorstrafen oder anderweitigen Hobbies.

Sie lachte eine gute Minute lang.

»Mann Gottes, und deswegen verspielst du deinen ganzen Kredit bei mir und machst auch noch Schulden, du hast doch den Verstand verloren, na, mir soll's recht sein, mir fällt schon was ein, verlass dich drauf.«

Aber es war Kurt, der keinen Verstand mehr hatte, als wir uns am frühen Abend in der Bar Caprice trafen. Der Name sagte mir nichts, obwohl ich oft in diesem Viertel war, um mir Fußballspiele im Fernsehen anzusehen. Die Kneipen in der Gegend waren gut, die Bars weniger, und weil es hier die billigsten Wohnungen und Pässe aus aller Welt gab, glaubten viele von denen, die woanders wohnten, es wäre hier gefährlich. Das war nicht der Fall, wenn man selbst keinen gefährlichen oder finanziell interessanten Eindruck machte.

Mit schwarzer Lackfolie hatten sie die Fenster ihrer Bar beschichtet und darauf Neonröhren befestigt, die eine Striptease-Tänzerin darstellen sollten, und sicher waren sie stolz darauf, dass jede Striptease-Tänzerin eine andere Figur hatte. In der immer noch brennenden Sonne wirkten die Neonröhren etwas zu dünn geraten, doch sie erinnerten mich daran, dass sie nachts ihren Reiz hatten – wir waren hier einmal nach einem Konzert mit einem schwarzen Rhythm 'n' Blues-Sänger gelandet. Der Sänger hatte seine zweite Flasche Bacardi des Abends in Angriff genommen und uns ausführlich geschildert, welche der anwesenden Blondinen er bald auf welche Arten ficken würde, aber außer, dass er hundertmal Fuck sagte, war nicht sehr viel zu verstehen. Dass es eine Blondine sein musste, hatte irgendwas mit der Sklaverei zu tun, oder mit den Nazis, ich wusste es nicht mehr. Eine

Schwester mit sehr schönen Brüsten war ebenfalls im Dienst, und sie konnte es nicht fassen, dass er sich dann diese kleine, dünne, blasshäutige Germanenblondine nahm. Als sie draußen waren, donnerte sie ihr Glas auf den Tresen.

»Damned fuckin' shitnigger!«, sagte sie leise zischend.

In der Bar war es dunkel, und auf den ersten Blick schien es ganz schick zu sein. Die Bude war so klein, dass man jede Schweißperle sah, die auf der mickrigen Bühne vergossen wurde, und selbst wenn man am letzten Tischchen saß, konnte man die bunten Birnen, die die Bühne umrahmten, mit einer Münze auswerfen. Nur die Theke war klar ausgeleuchtet. Dort saßen zwei Damen. Es war kurz nach acht Uhr, und mein armer Freund war der einzige Mann im Raum. Es wurde noch nicht gearbeitet. Später würden sie tanzen und auch den Leben an den Tischen einen Sinn geben.

Ich setzte mich zu dem Haufen Elend und fauchte es grußlos an: »Warum hast 'n du so lang gewartet, Mensch! Wenn du dir ins Bein schießt, holste die Kugel doch auch nicht selber mit 'm Messer raus, du verdammter Idiot.« Jedes Wort war verschwendet.

»War ihre Stammkneipe«, sagte Kurt mit verheulter Stimme, »oben Appartement.«

»Jesus, wo biste da denn bloß reingeraten?«

»Habta se gefunden, habta se endlich!«

»Bist du noch ganz dicht! Wie soll das denn gehn, du

hast mich heute angerufen und du hast so gut wie keine Information für uns. Nadine, Mann, bist du dir wirklich sicher, dass ihre Mutter sie Nadine genannt hat?«

Ich deutete auf seinen Gin Tonic, um einen für mich zu bestellen. »Ich fass es nicht, Stammkneipe! Stammkneipe heißt, dass Nadine hier gearbeitet hat.«

Ich konnte ihn kaum verstehen. Es hörte sich so ähnlich an wie »nur bisschen getanzt.« Eine gewisse Logik schien doch vorhanden zu sein, und ich fragte, ob er mal die Idee gehabt hätte, seine Nadine könnte eine falsche Nummer sein. Und die Frage schien mir angebracht, wie viel er denn in sie reingesteckt hätte. Aber ich kam nicht zu ihm durch. Er war so unglücklich, dass es mir wehtat.

Doch wer, wenn nicht ich, sollte ihm die Augen aufschneiden? Wer sonst würde das Messer so behutsam führen, dass es ihn nicht umbrachte.

»Hilf mir, du musst, bring sie mir wieder!«

Es gab für ihn kein Leben mehr ohne Nadine, so viel verstand ich. Sie hatte ihn komplett verdreht. Nicht im Traum hätte er gedacht, dass er der Frau seines Lebens doch noch begegnen würde. Er weinte, die Stimme verdrehte und die Worte verbogen sich, und ich wusste, wie er sich fühlte. Wir waren beide zweiundvierzig und hatten schon mitbekommen, dass es nicht die Hoffnung ist, die zuletzt stirbt. Die meisten leben noch ein paar Jahre, wenn die Hoffnung längst tot ist.

Die Damen an der Theke bemerkten, dass wir mit

unserer eigenen Show beschäftigt und nicht wegen ihrer gekommen waren, und sie machten sich auf eine zurückhaltende Art über uns lustig. Die Blonde mit den dicken Lippen und den weißen Cowboystiefeln lenkte mich ziemlich ab, sie bewegte sanft ihre Hüften und die blauen Fransen an ihren weißen Hot Pants zitterten. Mir wurde klar, dass sie Kurt kannten, wahrscheinlich hatten sie ihn jeden Abend hier gesehen, und ich war mir sicher, dass sie von Nadine mehr wussten als er.

Kurt behauptete, keine Ahnung zu haben, was es mit Nadines Verschwinden auf sich haben könnte – mir fiel sofort auf, dass er nicht an ein Verbrechen dachte – niemals hätte er sie schlecht behandelt, der reinsten Liebe hätten sie sich hingegeben und im Bett sich so wunderbar verstanden, ein Traum, ein Wahnsinn. Und zusammen viel gelacht, getrunken und sogar nichts getrunken. Kein Streit, kein dummes Wort, fröhlich durch die Stadt gelaufen, verträumt in den Fluss geschaut und so weiter. Es war nicht leicht, aus diesen klebrigen, vagen Hinweisen etwas Nützliches rauszuholen. Geschwister, Drogen, Städte, in denen sie gelebt hatte – er wusste nichts. Außer, dass sie siebenunddreißig war. Und er hatte angeblich nicht die geringste Ahnung, warum sie ihn jemals hätte belügen sollen, die süßeste und warmherzigste aller freundlichen Bräute!

Ich wusste es auch nicht.

Je älter ich wurde, desto weniger wusste ich. Auch die Frage, ob man schon Leute aufgespürt hatte, von denen man weniger wusste als von Nadine, konnte ich nicht beantworten. Aber die Frage, ob es hier einen Chef gab, für den sie ein bisschen getanzt und sicher unter dem Tisch gelegentlich ein nettes Kunststück vollbracht und woanders auch anderes eingesetzt hatte, würden mir die Kolleginnen später beantworten. Das Cowgirl hatte einen Strang von ihren langen blonden Haaren im Mund.

»Kurt, du gibst mir jetzt 'ne ehrliche Antwort, sonst musst du deine Verlobte selbst suchen, ist das klar?«

»Klar«, sagte er, »aber lass mich nicht hängen, Frank, sonst weiß ich nicht, was passiert.«

»Wie viel Geld hast du ihr geliehen?«

»Fünfhundert.«

»Wie viel!«

»Fünftausend.«

Das war nicht schlecht. Das haute mich um. Denn wenige Wochen zuvor hatte ich ihn gebeten, mir die Hälfte zu leihen, die ich dringend und nur für kurze Zeit benötigt hätte, und dieser Sack hatte mich tatsächlich abfahren lassen, seinen besten Freund, und dann hatte er dieser Nadine das Doppelte in die eifrige Muschi gesteckt, da musste ich schon mal tief durchatmen.

Der dusslige Mann machte nämlich eine Menge Geld mit designten Dingen, die niemand brauchte, außer um zu zeigen, dass man's geschafft und mehr Lebensart und Stil hatte als die Idioten, die die Straßen verstopften. Das war seine einzige Schwäche, er war ein verdammter

Geizkragen. Er übernahm für gute Freunde hin und wieder gern die Rechnung im Restaurant, aber was hilft dir das, wenn du dringend Bargeld brauchst. Ich war sauer auf ihn gewesen. Aber er war jetzt zu weit unten, um eine Sekunde länger daran zu denken.

»Wann hast du ihr das Geld geliehen, am Anfang eurer Bekanntschaft?«

Natürlich hatte er ihr die Scheine erst kurz vor dem Beginn dieser trostlosen Zone ausgehändigt, und nein, verdammt, das war keine Bezahlung, nur geliehen, verdammt, hatte sie extra gesagt, verdammt – er schlug ein paar Mal mit der flachen Hand auf den Tisch und wurde laut.

»Kei-ne, war kei-ne Be-zah-lung!«

An der Theke wurde gekichert, und langsam sah es so aus, als würde sich die mit dem weißen schmalen Hut und den weißen Cowboystiefeln und Hot Pants und den silbernen Sternen auf den Brustspitzen unbedingt endlich mit mir unterhalten wollen. Sie trug dieselben Sachen, die ich bei einer Frau in einem Film gesehen hatte, wegen eines Verkehrsvergehens wurde die von zwei Streifenpolizisten aufgehalten, und dann war sie in einem Motel auf allen Vieren auf dem Boden zwischen den beiden, und die vielen Fransen überall, und als ihr weißer schmaler Don Williams-Hut bei all der Action vom Kopf rutschte, hob ihn der Polizist, der sie in den Mund fickte, vom Boden auf und legte ihn zärtlich auf ihren Rücken, und dort lag der Hut und bewegte sich mit, als würde er auch irgendwas mit ihr anstellen. Sie beobachtete, wie ich meine Hand auf Kurts Hand drückte, um ihn zu beruhigen, und sie zwinkerte mir freundlich zu, es gefiel ihr, dass ich ein Mann war, auf den sein Freund sich verlassen konnte.

»Mensch«, sagte ich zu Kurt, »du bist mein bester Freund, egal, was du getan hast, ich meine, solang du nicht anfängst, Frauen aufzuschlitzen oder so was, bin ich doch immer für dich da.«

Als ich ihn bat, von ihrer letzten Begegnung zu erzählen, kamen immer mehr Tränen, die viele Worte schwer verständlich machten, verzerrten, zerhackten. Ich baute sie wieder zusammen.

Es hatte einen kleinen Streit gegeben, einen ganz kleinen, und am Ende hatte Nadine gesagt, sie müsste jetzt mal eine halbe Stunde allein spazieren gehen, aber wenn sie dann wiederkäme, wäre alles wieder in Butter. Und seitdem war sie weg.

Ich fragte mich, ob mein Freund den Eindruck erweckt hatte, an den eventuell bestehenden Besitzverhältnissen bezüglich Nadine was ändern zu wollen und ob man deswegen ihren Standort verlegt haben könnte. Oder es hatte unabhängig davon eine geschäftliche Besprechung zwischen den zuständigen Männern der Branche stattgefunden, und um irgendeinen lieben Frieden nicht zu gefährden, war Nadine verschoben worden. War ebenfalls denkbar. Aber dieser Dummkopf wusste weniger als eine Zehnjährige von den geheimen Gesetzen der Hochfinanz. Wir hatten einen Spezialisten für diesen Wirtschaftszweig in unserer Firma, und wenn es so ein Männergespräch tatsächlich gegeben hatte, würde er in zwei Tagen wissen, wer an diesem runden Tisch gesessen hatte, und während Kurt weiter vor sich hin stammelte, rief ich ihn an und erklärte ihm die Sache, ohne zu erwähnen, dass sie rein privat war. Einer mehr, der schlecht auf mich zu sprechen war, wenn er rausbekam, dass ich nur einem Freund helfen wollte. Denn das Private blockierte unser Geschäft und war verboten, während hier hinter der Tür mit der Aufschrift *Privat* die Geschäfte gemacht wurden. Während das Cowgirl mit den Fransen an den weißen Hot Pants spielte und sachte ihre Hüften wiegte.

»Was war denn das für ein kleiner Streit?«, fragte ich vorsichtig.

Kurt machte eine Handbewegung, die den Streit ganz, ganz klein machen sollte, unglaublich, wie staubkornklein dieser Streit war, und ich sagte, ich müsste gottverflucht irgendwas wissen, wenn ich ihm helfen sollte, und dieser scheißkleine Streit wäre doch wohl immerhin groß genug gewesen, und er fing an sich zu winden und wieder stärker zu schluchzen, und als ich dann wieder ein paar Sätze rekonstruiert hatte, wusste ich nicht, ob ich nun selbst langsam neben der Spur war.

Nadine war sauer auf ihn gewesen, Nadine hatte sich beklagt, sie würde sich so endlos liebevoll um seinen Schwanz kümmern, aber er, der Kurt, würde sich so

wenig um ihren Schwanz kümmern, also wäre doch klar, dass er sie nicht so lieben würde wie sie ihn, und was daraus denn werden sollte, das könnte doch nicht gutgehen.

Trotz meines Alters, den Erfahrungen und der Überzeugung, dass es besser war, immer und überall mit allem zu rechnen, war ich immer wieder erstaunt, was für ein mieser und gerissener Psychopath das Leben sein konnte – dem es genau jetzt gefiel, *Stand By Your Man* ertönen zu lassen.

Und diese unwahrscheinliche blonde Tänzerin mit dem phantastischen prallen Po in den weißen Hot Pants stieß Jubelschreie aus: »Ah, mein Lied, mein Lied!«, und dabei wedelte sie aufgeregt mit den Händen wie eine Cheerleaderin und ihre Brüste und Fransen wedelten mit ihr.

»Stimmt aber nicht«, heulte Kurt, »war doch das ... so ... für mich erste Mal ... geht 'n so was ... wusste doch nicht!«

Ich legte meine Hände wieder beruhigend auf seine und erklärte ihm, dass man doch nie irgendwas genau wusste, und dass seine Nadine ganz sicher so verwirrt war wie er und deshalb abgehauen war, aber wir würden sie finden, ich garantierte es ihm, und sie würde glücklich sein, zu ihm zurückkehren zu dürfen, und dann legte er seinen Kopf auf die Arme und weinte still weiter.

Ich wusste, dass Nadine eine lange Kette von solchen Männern hinter sich her zog. Sie musste ein unglaublich starker Kick sein, und ich fragte mich, welche Kicks uns noch blieben, wenn wir alt geworden waren.

Ich hatte kein gutes Gefühl.

Das blonde Cowgirl tanzte eng mit der Schwarze-Strümpfe-Strapse-Frau. Sie küssten sich auf den Hals und die nackten Schultern und ließen ihren Händen freien Lauf. Bei jeder Drehung schaute sie mir in die Augen, und ich wollte nur noch ihren silbernen Sternen und Hot Pants und dicken Lippen nah sein. Ich ging zu ihnen rüber. Sie lächelte und löste sich sofort aus ihrer Umarmung, um mit mir weiter zu tanzen, und wir tanzten mit einer Umdrehung pro Minute, und die Sterne auf ihren Brustspitzen strichen über mein Hemd.

»Ich wollte eigentlich nur fragen, wer das singt«, sagte ich, »weil das ist nicht Tammy Wynette, glaube ich.«

»Um Himmels willen, das ist nicht Tammy Wynette?«, hauchte sie in mein Ohr, »wer issn das bloß – stand by your man«, sang sie mit, »ich weiß nicht, wer das ist, ich wüsste es so gern und weiß es nicht, aber weißte, was ich hören kann? So schön, wie die singt, die hat kein' Ständer im Mund, obwohl, wenn man genau hinhört, oh ja, mein Süßer, oh ja«, kicherte sie.

Ich spürte ihren Oberschenkel zwischen meinen Beinen und sie stöhnte ein langes *Ohhh* an meine Wange. Ich schaute ihr in die Augen, was hatte sie, was wusste sie? Ich konnte nichts erkennen. Man erkennt nie etwas. Ich wusste nur eines: wenn eine Frau so war wie sie, dann war's mir egal, ob sie ein Mann war.

Fünf Tage später hatten wir Nadine. Das Geschäftsnetz ihres Chefs war etwas zu schwach, um unseren Möglichkeiten standhalten zu können.

Ich nahm ihr die verbliebenen Viertausend ab. Als Gegenleistung hatte ich sie offiziell nicht gefunden. Ich sagte mir, dass ich damit das Leben meines Freundes rettete. Und seine Viertausend betrachtete ich nur als geliehen.

Als ich Nadine sah, konnte ich alles verstehen. Sie war ein wunderbares Kunstwerk, und obwohl ihre Beine das Bild und die mörderische Wirkung ein wenig störten, hätte ich sofort alles hin- und aufgegeben, um mit ihr zu sein.

Aber zu meinem Glück hatte sie schon ein neues Schlachtfeld gefunden.

YANG

Hallo«, sagt Yang zu Yin, und Yin sagt »Hallo, Yang« zu Yang, der nun lächelt und Yin an die Wange schnippt. Es ist 6:30, als Yin und Yang miteinander zu sprechen beginnen.

»Kann ich mir nicht vorstellen«, sagt Yin.

Sie haben sich die Fähigkeit erworben, an dem Punkt weiter zu sprechen, an dem sie fünf Stunden zuvor abgebrochen haben, ohne zuerst rekapitulieren zu müssen.

»Mosser steckt mittendrin und Kahn ist noch zwei Wochen auswärts«, sagt Yang und grinst, weil er weiß, was Yin nun sagen wird.

»Trotzdem«, sagt Yin, weil sie weiß, dass er es erwartet. Es passiert nicht oft, dass sie ihm so früh am Tag den Spaß verderben will.

»Und ich bin nun mal die Nummer drei«, sagt Yang.

»Aber der Job ist doch viel zu klein für die ersten drei, und das weiß er sicher auch«, sagt Yin.

»Sagst du«, sagt Yang.

»Sage ich«, sagt Yin.

»Ist aber nicht viel, wenn du sonst nichts zu sagen hast.«

»Ich habe viel zu sagen.«

»Das habe ich fast erwartet.«

»Ich sage dir jetzt, was die beste Methode ist, eine Unterschrift zu fälschen.«

»Dann schieß mal los«, sagt Yang, »ich hab's nämlich eilig, weil ich als erster im Büro sein muss, wenn ich überhaupt eine Chance haben will, diesem Unsinn doch noch zu entkommen.«

»Fast alle machen den Fehler, dass sie die Unterschrift, die sie fälschen wollen, genau studieren und dann zu imitieren versuchen.«

»Klingt logisch«, sagt Yang.

»Ja«, sagt Yin, »aber die einzig gute Methode ist, du musst die Unterschrift umdrehen und abmalen. Alles, was du brauchst ist ausreichend Zeit, und natürlich darf dir niemand dabei zusehen. Es ist wichtig, vergiss es nicht.«

Yang schafft es, vor Bann im Büro zu sein, aber er hat nicht mehr als die erste Nachricht gelesen, als sein Kollege sich in seinen Sessel wirft. Entzückend. Sie sitzen eine Stunde lang an ihrem Doppelschreibtisch, ohne ein Wort zu sagen und schreiben ihre Berichte über die Arbeit vom Vortag. Ihr Büro ist klein, aber dass sie eines haben, mit einer Tür, die sich abschließen lässt, und nicht bei den 52 Frauen und Männern im Großraum hinter dem Glas sitzen, beweist, dass sie nicht schlecht im Rennen sind.

Bann ist die Nummer vier, und er ist deshalb so früh da, weil er weiß, dass es ihm an den Kragen geht, wenn

Yang es tatsächlich hinbekommt, diesem blöden Job aus dem Weg zu gehen, und dass er nur eine Chance hat, wenn er dabei ist, wenn Yang den Chef von seiner Idee abzubringen versucht. Sie haben sich gestern darüber verständigt, und jeder wünschte dem anderen, dass er diesen Quatsch nicht an den Hals bekommt.

»Rewriting ist das Letzte«, sagte Bann, »ich möchte mal wissen, wer sich diesen Bullshit ausgedacht hat.«

»Rewriting ist nicht das Letzte«, sagte Yang, »es ist das Allerletzte, und wenn wir diesem Vollidioten jemals begegnen, treten wir ihm in die Eier.«

»Mindestens«, sagte Bann.

Ihr Büro ist schmucklos, nur ein Poster im Format 55 x 75 hängt mitten an der einzigen Wand, die nicht aus Glas ist. Es zeigt eine Hand, die eine Pistole hält, und die Pistole zielt auf den Betrachter, und unter der Pistole steht in dicken schwarzen Buchstaben:

Sehen Sie's mal etwas anders!

Und tatsächlich sieht die Blondine mit den dicken Dingern etwas anders aus. Bann hatte das Poster mitgebracht, und als er nach der besten Position suchte, um es an der Wand zu befestigen, hatte Yang eine Stunde lang jeden abgewehrt, der in ihr Büro wollte, sogar den Boss, ohne ihn auf die Palme zu bringen.

Yang wirft einen Euro in die Luft, und nachdem er die Zahl auf seiner Hand gesehen hat, geht er in die Cafeteria, um zwei Styroporbecher Kaffee zu holen. Weil er seinen sofort in der Cafeteria trinkt, ist der von Bann nur noch lauwarm, als er ihn in die Hand bekommt. Nach einem Schluck drückt Bann den Deckel wieder drauf und wirft den Becher in den Papierkorb.

»Die Sache ist die«, sagt Bann, »der Mann ist auch noch tiefreligiös, weißt du, was das bedeutet?«

Yang ist sich nicht sicher, aber er kann die Frage nicht stellen. Der Chef betritt ihr Büro, er grinst wie eine Millionärstochter am Heiligen Abend und wirft einen Stapel Pappordner auf Yangs Schreibtisch, und die Sache ist so klar, dass Bann verkündet, er werde nun drei Kaffees aus der Cafeteria besorgen.

»Du kannst es dir auch gleich selbst besorgen«, sagt Yang.

»Und uns natürlich auch«, sagt der Chef.

Er hat so gut wie nichts zu den Pappordnern hinzuzufügen, es gibt nichts zu diskutieren, nur ein paar nette Bemerkungen zu machen, und er ist schon wieder unterwegs, als Bann mit den drei Kaffees zurückkommt.

Er kann sie sich alle in seinen dummen Arsch schieben.

»Niemand nimmt diesen Quatsch ernst«, sagt Yang am Abend zu Yin, »du bekommst keinen Dank dafür, keinen Respekt. Du kannst dir eher einen Namen machen, wenn du den Schoßhund deiner Mutter heiratest, oder wenn du Pferdeäpfel auf Leinwände wirfst, als mit diesem total verblödeten Unsinn.«

»Du übertreibst, Süßer«, sagt Yin zu Yang.

»Rewriting ist nicht Creative Writing, war's nie, wird's

nie werden, so sieht's aus«, sagt Yang, »und ich bin der Dumme in einem gekauften Spiel.«

»Das ist die Frage«, sagt Yin, »du musst es als Chance sehen, du musst es genau bis dorthin bringen, der ganze Saal ist stockdunkel, aber du hast eine Monstertaschenlampe dabei.«

»Ich weiß nicht«, sagt Yang.

»Wer kann denn so was schon wissen«, sagt Yin.

ZUFALL

Die Vorträge waren gelaufen, die Masse der Zuhörer schob sich aus dem Saal ins Freie auf den großen Platz mit den Tischen, die für Getränke bereit waren. Endlich raus in den Sommerabend! Ich spürte die Erleichterung des Publikums.

So ein literarischer Abend mit Vortrag, Gedichten und Musik hat's nicht leicht an einem heißen Sommerabend in einem Saal. Ich selbst war pünktlich zum Ende gekommen. Hatte einen Tag Schreibarbeit hinter mir und wäre eher in ein Scorpions-Konzert mit Sting und Hinterseer als Gastsänger gegangen, als mein Gehirn mit noch mehr Literatur vollzustopfen. Locker an einem Literatentisch zu sitzen und bei ein paar Gläsern Bonvivant möglichst besonders gescheit daherzureden, das war mein Ziel, mehr war nicht drin.

Der kroatische Kollege Edo Popović wurde mir von einem bekannten deutschen Verleger vorgestellt. Jener sagte mir nichts, diesen kannte ich nicht. Die Stimmung war schnell aufgeräumt, und irgendwelche Sätze, die nicht unter einer bedeutenden Dichtungslast ächzten, klackerten munter herum; wahrscheinlich lag das mal wieder an der Anwesenheit hübscher Frauen. Michael

Krüger verstrickte sich in ein Gespräch mit meiner Tochter über die Geschichte und Bedeutung des Bleistiftrocks, und meine Frau erzählte Friedrich Ani, wie sich der Doktor Stoiber eines Tages an das Werk des jungen Bertolt Brecht rangewanzt und -gelabert hat, und ich hörte dem Lied zu, das mir Frank Spilker vorsang.

Es war so ein Abend, an dem es einem okay vorkam, dass die Amerikaner die Stadt nicht vollkommen weggebombt hatten.

Nur dieser Edo Popović schaute doch etwas gequält aus. Selbst dem Verleger gelang es nicht, ihn in die Runde reinzuziehen. Wahrscheinlich nerven ihn solche Literatentische grundsätzlich, auch wenn keine Sprachbarrieren herumliegen, dachte ich, und ganz generell war mir der Mann sympathisch. Er sah aus, als sei er in einem Film von Emir Kusturica vom Weg abgekommen und hier wieder aufgetaucht und wartete nur auf das Motorrad mit Beiwagen, das ihn endlich wieder zurückbrachte.

Mir fiel auf, dass er keinen Alkohol trank. Ich wusste schon, dass das manche aus diesen Gründen tun und andere aus jenen, und mir war klar, dass Popović aus jenen Gründen nur Wasser trank. Aber von kroatischer Literatur hatte ich keine Ahnung.

In der nächsten Nacht gerieten wir wieder aneinander, diesmal im lauten Partyzentrum des Literaturfestivals. Innerhalb von wenigen Minuten palaverten wir, als würden wir uns schon lange gut kennen.

»Don’t mention the war«, sagte ich.

»Fuckin why not?«

»Weil der Deutsche dann wieder nur Prügel bekommt.«

»Ich war weder prokroatisch noch proserbisch«, sagte Edo.

Das überraschte mich nicht. Was er mir nicht erzählte, war etwas, das mich beeindruckt hätte, und wie ich mich kenne, wäre ich ihm damit auf die Nerven gegangen. Über zehn Jahre lang hatte er die Literatur Literatur sein lassen und Kriegsberichte geschrieben; das Netz erzählte mir, dass er für seine unparteiischen Reportagen geschätzt wurde. Wenn ich mich als Kriegsreporter durchgeschlagen hätte, würde ich das jedem verdammten Kollegen überbraten.

Seine Eltern waren in Münster als Gastarbeiter gelandet, und in den Achtzigern hatte er viel Zeit dort verbracht, um sie zu besuchen und zu jobben. Dort und etwa zur selben Zeit wie ich hatte er wichtige Bücher entdeckt, die auch mir etwas aufgezeigt hatten, von Ludwig Fels oder Peter-Paul Zahl.

»Das habe ich dann alles für unsere Literaturzeitschrift *Quorum* übersetzt«, sagte Edo, »die war dick wie ein Ziegel, da verbreite ich keine Lügen.«

»War sicher schwierig, die Rechte zu bekommen«, sagte ich.

»Sehr schwierig«, sagte Edo.

Und besonders durch Jörg Fauser fühlten wir uns verbunden, dessen früher, damals kaum bekannter Gedichtband *Die Harry-Gelb-Story* unser beider Einstieg in sein Werk war. Den hatte Edo dann sogar vollständig ins Kroatische übersetzt. Und einem Freund nach Sarajevo geschickt, der ihn veröffentlichen wollte; als seine Wohnung von einer serbischen Phosphorgranate getroffen wurde, verbrannte das einzige Exemplar der Übersetzung.

»Da war er schon tot«, sagte ich, »und wir sind jetzt älter als er damals.«

»Ich glaube, sein Tod war sehr seltsam, stimmt das?«

»Ja«, sagte ich, »man hat nie herausgefunden, warum er am frühen Morgen an der Autobahn am Münchner Stadtrand stand, was er in der Gegend gewollt hatte, wie er dorthin gekommen war.«

»Er war betrunken«, sagte Edo.

»Schon, aber für einen Trinker nicht besonders betrunken.«

»Kann viel mit dir passieren, wenn du betrunken bist, plötzlich kommt was aus dem tiefsten Schatten in deinem Kopf.«

Ich hatte gerade bei einem Dokumentarfilm über Fauser mitgearbeitet und konnte von einigen seltsamen Begegnungen berichten, die wir bei den Dreharbeiten gehabt hatten; wir trafen einen alten Freund, der behauptete, ihn kurz vor seinem Tod in einer Kneipe außerhalb Münchens getroffen zu haben, und er habe verzweifelt auf ihn gewirkt, und gesagt, er wolle in ein neues Leben untertauchen; aber irgendwann hatten sich die Leute gehäuft, denen wir nicht unbedingt alles glauben wollten, und die uns etwas erzählten, für das es keinen Beleg gab.

»Wir sprachen mit dem Lastwagenfahrer, der Fauser als Letzter lebend gesehen hat. Er fuhr auf der Autobahn, sah einen Typen an der Leitplanke gehen und hielt an. Er kam ihm verwirrt vor, nicht betrunken, eher verwirrt. Er fuhr weiter, hat an der nächsten Notrufsäule die Polizei angerufen, aber zehn Minuten später hat ihn der andere Lastwagen erwischt.«

Auch in der nächsten Nacht trafen wir uns im Discobereich des Literaturfestivals, ohne uns verabredet zu haben. Wir tauschten Bücher aus und wandten uns dann sofort den wichtigen Fragen zu, zuerst der Frage, welche Sprache die übelsten Schimpfwörter zu bieten hat.

»Die kroatischen sind die schlimmsten«, sagte Edo.

»Das behaupten doch alle Jugos.«

»Vergiss die Jugos.«

»Schlimmer als Bluatshuaraarsch?«

Er lachte nur, winkte ab und nannte einige, die er nicht mal übersetzen wollte.

»Schlimmer als Motherfucker?«

»Motherfucker?! Dass ich nicht lache.«

»Schlimmer als: dein beschissener Nationalstolz soll im Arsch deiner dämlichen Mutter gefickt werden?«

»Da geht's los, kann man sagen.«

»Was soll's«, sagte ich, »die Nationalisten und die religiösen Fundamentalisten werden uns sowieso irgendwann umbringen.«

»Und den Rest erledigt der Turbokapitalismus, egal, ob du in Kroatien oder Bayern bist.«

Sein erstes Buch erschien 1987, ein Jahr vor meinem. Wir waren nicht nur von ähnlichen Literaturzonen angezogen worden, in denen man allein mit Seminarscheinen und ein paar grammatikalisch korrekt formulierten Sätzen keine Aufenthaltsgenehmigung bekommt, sondern hatten uns dann zuerst auch auf ähnliche Art darin bewegt.

»Wir haben Lesungen organisiert, bei denen gesoffen und geraucht werden sollte«, sagte Edo, »alles war besser als diese Ruhe in den Buchhandlungen, mit diesen ruhigen Autoren, die aus ruhigen Büchern vorlesen, damit wollten wir nichts zu tun haben, es sollte sich anfühlen wie bei einem Punkkonzert.«

»An der Idee haben wir auch die Rechte«, sagte ich, »wir im Westen waren immer schneller, tut mir leid.«

»Dobler, dein Name sagt mir irgendwas, aber ich komme nicht drauf«, sagte Popović zum Abschied.

In den nächsten Tagen las ich sein erstes Buch, das ins Deutsche übersetzt worden war, den Roman *Ausfahrt Zagreb-Süd*, und obwohl ich schon vorher eine präzise Vorstellung von seinem Stil hatte und worum es ihm ging, war ich doch verblüfft, wie genau ich es vorausgespürt hatte. Als wäre ich im Traum durch die mir unbekannte Szenerie gelaufen.

Einige Tage später bekam ich einen Brief aus Zagreb. Aus dem vagen Gefühl heraus, meinen Namen zu kennen, habe er die alten Ausgaben von *Quorum* durchgesehen, schrieb Edo. Und in der Ausgabe 1989 zwei Erzählungen von mir gefunden, *Dobro jutro, Gestapo* und *Karo, moja marka.* Die er selbst aus meinem ersten Buch übersetzt hatte.

Heilandsack, dachte ich, das ist aber eine schöne Geschichte.

Und das wird's wohl sein, was wir am Ende von unserer Arbeit gehabt haben werden.

Ein paar gute Geschichten.

Ein paar gute Leute.

ANMERKUNGEN DES AUTORS

Drei Viertel der *Letzten Stories* sind in einer ersten Fassung in der Kolumne »ABC des Lebens« erschienen, die ich von 2005 (Rauchen) bis 2010 (Improvisation, hier im Buch: Impuls) für das Magazin *a-guide* schrieb. Es war die vierte Kolumne meines Lebens, und der besondere Kick dabei war, sie mit Short Stories zu bestücken. Für die Buchausgabe wurde das Alphabet komplettiert, alle vorhandenen Stories überarbeitet, viele totalüberholt und runderneuert, nicht aus Unzufriedenheit, sondern aus Entdeckerfreude. Dank an Herausgeber Jürgen Kannler und alle *a-guide*-Mitarbeiter.

Vorläufer, Bastarde, Varianten, Selbstplagiate und -verstümmelungen etc. wurden in den Publikationen *Häuptling Eigener Herd*, *junge Welt*, *Strapazin*, *kult*, *Gazetta Zigurska* veröffentlicht, in meinen Büchern *Aufräumen* und *Ich fühlte mich stark wie die Braut im Rosa Luxemburg T-Shirt*, und in den Anthologien *Sterne gibt's wie Sand am Meer*, *Little Criminals* und *Smoke Smoke Smoke That Cigarette.*

Dank an Andreas Schäfler, Klaus Bittermann, Jan Off und Andreas Niedermann, von denen ich im Lauf der Jahre wertvolle Kommentare bekam.

Die unfassbar geniale Idee, diese kurzen Geschichten, von denen einige »Romane in Pillenform« (Giorgio Manganelli) sind, zu scheinbar respektablen Wälzern auszuwalzen, wie es inzwischen übliche Unsitte ist, haben wir schneller begraben als jemand »marktstrategisch« sagen kann. Dank an Lars Birken-Bertsch; an Wolfgang Farkas und Henriette Gallus für das Lektorat, und alle bei Blumenbar.

Dank auch in die Ewigen Jagdgründe: an Bob Kaufman (1925–1986): »No more Jazz in Alcatraz …« (S. 54) sind einige Zeilen aus seinem Gedicht gleichen Titels; an Nikki Sudden (1956–2006): »As poets sell their diaries …« (S. 109) ist eine Strophe aus seinem Song »Cavaliers«; an Charles Willeford (1919–1998): um das Rewriting (S. 147) durchzuführen, habe ich Teile des Sets, einige Gegenstände und die Erkenntnis, was die beste Art ist, eine Unterschrift zu fälschen, vom Anfang seines Romans *Miami Blues* benutzt.

Dank an meine Partner Hubel Greiner und Nils Koppbruch, die mich auch bei meinen Alleingängen inspirieren.

Und Dank an meine Familie, die mit mir hofft, es mögen nicht meine letzten Stories sein.

INHALT

Artwork by Florian Süssmayr
(verkleinerte SW-Reproduktionen)

1. Auflage 2010

Coverdesign: Chrish Klose, www.studiograu.de,
nach dem Bild »Selbstporträt« von Florian Süssmayr
Lektorat: Henriette Gallus
Typografie + Satz: Peter Frese, www.frese-werkstatt.de

Druck und Bindung: Kösel, Altusried-Krugzell
Printed in Germany

ISBN 978-3-936738-67-4

www.blumenbar.de